Die Bibliothek von Babel

Idee und Design
von
Franco Maria Ricci

Die Insel der Stimmen
von
Robert Louis Stevenson

Mit einem Vorwort von
Jorge Luis Borges

CIP-Kurztitelaufnahme der Deutschen Bibliothek

Die Bibliothek von Babel: e. Sammlung phantast. Literatur /
hrsg. von Jorge Luis Borges. – Stuttgart: Edition Weitbrecht
NE: Borges, Jorge Luis [Hrsg.]
Bd. 24 → Stevenson, Robert Louis: Die Insel der Stimmen

Stevenson, Robert Louis:
Die Insel der Stimmen / Robert Louis Stevenson [Dt. Übers.
von Richard Mummendey]. – Stuttgart: Edition Weitbrecht, 1984
(Die Bibliothek von Babel; Bd. 24)
Einheitssacht.: The Isle of Voice ⟨dt.⟩
ISBN 3 522 71240 4

Vorwort von Jorge Luis Borges
© Franco Maria Ricci Editore, Mailand
Deutsche Übersetzung von Maria Bamberg
© Edition Weitbrecht in K. Thienemanns Verlag, Stuttgart

Originaltitel der Erzählungen:
The Isle of Voice
The Bottle Imp
Markheim
Thrawn Janet
Aus dem Amerikanischen von Richard Mummendey
In: *Erzählungen*
© Winkler Verlag, München 1960
Abdruck mit freundlicher Genehmigung des Winkler Verlages,
München.

Design von Franco Maria Ricci und Marcella Boneschi.
Den Text setzte die Utesch Satztechnik GmbH, Hamburg,
in der Bodoni 12 Punkt.
Reproduziert von Reisacher Repro, Stuttgart.
Gedruckt von Gutmann, Heilbronn.
Gebunden von Wilhelm Röck, Weinsberg.

Originalverlag und © Franco Maria Ricci Editore, Mailand.

Vorwort

Über Stevenson zu schreiben fällt mir ebenso schwer, wie über einen nahen Freund zu schreiben. Denn in der Tat geht es um einen nahen Freund, obwohl er im Jahre 1894 auf einer abgelegenen Insel im Pazifik starb, und ich fünf Jahre später in Buenos Aires, einer abgelegenen Stadt im Süden des amerikanischen Kontinents, zur Welt kam. Es gibt Schriftsteller, deren Bild weit lebendiger ist als ihr Werk; berühmte Beispiele sind Lord Byron und Goethe. Bei anderen ist es umgekehrt: Shakespeare sehen wir kaum unter der Fülle seiner Gestalten, und Sherlock Holmes und Doktor Watson haben erreicht, daß Sir Arthur Conan Doyle hinter ihnen verschwindet. Im Fall Stevensons überdauern der Schriftsteller und sein Werk, der Träumer und der Traum in gleicher Eindringlichkeit.
Robert Louis Stevenson wurde 1850 in Edinburgh geboren, und trotz seiner vielen Weltreisen ließ er

nie ab, Schottland zu lieben. Seine Vorfahren waren Leuchtturmerbauer, und in einem seiner Gedichte preist er «The towers we founded and the lamps we lit» (die Türme, die wir bauten, und die Lampen, die wir entzündeten). *Er studierte Technik und Rechtswissenschaft, aber schon früh fühlte er sich zur Literatur hingezogen. Die Tuberkulose trieb ihn in den Süden; beständig schreibend und malend bereiste er Belgien, Frankreich und die Schweiz. Diese ‹visuelle Sensibilität› der ersten Lehrjahre durchleuchtet sein ganzes Werk, wie es später auch bei G. K. Chesterton der Fall war. Auf einer seiner Reisen kam er mit seinem Bruder an ein Gasthaus. Es war Nacht; durch das Fenster erblickten sie eine Gruppe von Unbekannten, die um ein Feuer saßen. Darunter waren zwei Frauen; Stevenson wies auf die ältere und sagte zu seinem Bruder: «Siehst du diese Frau? Die werde ich heiraten!» Als sie sich kennenlernten, erfuhr er, daß sie Nordamerikanerin und verheiratet war, daß sie Lloyd Osborne hieß und in San Francisco lebte. Jahre später hörte er, daß sie Witwe geworden war. Er schrieb ihr nicht; als Auswanderer überquerte er den Atlantik und dann in einem Eisenbahnwagen dritter Klasse den Kontinent. Sie heirateten, und er nahm sie mit nach Schottland. Er war damals dreißig Jahre alt. Von seiner Krankheit getrieben, wollte Stevenson ständig seinem Schicksal vorauseilen. Während eines regnerischen Herbstes schrieb er für seinen Stiefsohn in ebensoviel Nächten wie Kapiteln* Die Schatzinsel. *Er begann damit, daß er auf dem Fußboden mit farbiger Kreide eine phanta-*

stische Insel voller Buchten, Wälder und Berge zeichnete. Diese Karte sollte ihm später die Überfälle und Beutezüge seiner Piraten verdeutlichen. Das Leben dieses tapferen Menschen war großenteils Flucht, ständige Wanderung auf der Suche nach Heilung. Seine Sehnsucht nach einem günstigen Klima führte ihn 1890 auf die pazifischen Inseln, von denen er nicht zurückkehrte. Die Eingeborenen gaben ihm den Namen Tusitala, der Geschichtenerzähler. Zusammen mit seinem Stiefsohn schrieb er dort seinen unbekanntesten und vielleicht besten Roman The Wrecker. Er hat ein umfangreiches Werk hinterlassen, in dem Geschichte, Drama, autobiographischer oder kritischer Essay, Roman und Lyrik nebeneinander stehen. Seine Dichtung ist derart vollendet, daß sie uns einleuchtend und dabei doch einfach vorkommt. Seine Sehnsucht trieb ihn zuweilen dazu, seinen heimischen Dialekt zu gebrauchen. Er starb unvermutet am 4. Dezember 1894 in Vailima.
In Schottland gibt es bekanntlich den keltischen Mythos des fetch: des Doppelgängers, den die Menschen erblicken, ehe sie sterben. Dieses Doppelgänger-Thema inspirierte Stevenson zu überaus verschiedenen Kunstwerken. Das berühmteste ist Der seltsame Fall des Dr. Jekyll und Mr. Hyde, 1886 veröffentlicht. Der Titel deutet eine Mehrzahl an, die sich später als trügerisch herausstellt. Bei den Versuchen einer Verfilmung hat man immer nur einen einzigen Schauspieler verwandt; wirkungsvoller wären zwei gewesen, damit deren Identität am Schluß um so mehr Verblüffung erregte. Oscar

Wilde griff auf Jekyll und Hyde *zurück, als er* Das Bildnis des Dorian Gray *ersann. Eine Erzählung in diesem Band – wir verraten nicht, welche – nimmt diese Zwangsvorstellung wieder auf.*
Robert Louis Stevenson war ein meisterhafter Stilist. Er war der Ansicht, es sei schwieriger, in Prosa zu arbeiten als in Versen, da ja ein einmal verfaßter Vers uns als Modell für alle weiteren dient, wogegen die Prosa ständige, ansprechende und zusammenhängende Variationen erfordert. Er untersuchte den Vorrang eines Lauts vor einem anderen und den effektvollen Einsatz ihrer Überleitungen. Der Umstand, daß in allen Literaturen die Poesie vor der Prosa entstanden ist, scheint seine Theorie zu rechtfertigen.
Das phantastische London, das uns in Chestertons Dichtungen entzückt, war schon von Stevenson in seinen Neue Tausendundeine Nächte *(1878) entdeckt worden, in denen die erstaunliche Begebenheit vom «Selbstmörderklub» steht. Die Kritik hat* The Master of Ballantrae *(1889), dessen Thema der Bruderhaß ist, und* Weir of Hermiston, *das von dem heillosen Zwist zwischen Vater und Sohn über den Tod hinaus erzählt, zu seinen Meisterwerken erklärt. Ich möchte* The Ebb Tide *(1894) nicht vergessen, das ebenfalls in Zusammenarbeit mit Lloyd Osborne geschrieben wurde. Bernard Shaw meinte, daß dieses Zusammenarbeiten sich für Stevenson als sehr vorteilhaft erwiesen habe, da er gezwungen wurde, den Leitgedanken zu verfolgen, ohne sich von seiner überschäumenden Phantasie mitreißen zu lassen. Bei der Aufzählung seiner*

Bücher habe ich seinen Briefwechsel vergessen, der die zauberhafte Gabe hat, diesem Verstorbenen immer neue nahe Freunde zu gewinnen.
Zwei Erzählungen in diesem Band spielen in der Südsee. Markheim *trägt sich in einer nicht näher bestimmten Stadt zu;* Thrawn Janet (Die krumme Janet) *in Schottland. Ich habe sie ausgewählt, weil sie es sind, die fest in meinem alten Gedächtnis haften.*
Von Kindheit an ist Robert Louis Stevenson für mich eine der Formen des Glücklichseins gewesen.

Jorge Luis Borges

Die Insel der Stimmen

Keola war mit Lehua verheiratet, der Tochter Kalamakes, des weisen Mannes von Molokai, und er wohnte mit dem Vater seines Weibes zusammen. Es gab keinen verschlageneren Menschen als diesen Propheten. Er las in den Sternen und deutete die Zukunft aus den Körpern der Toten und mit sonstigen üblen Hilfsmitteln. Er stieg allein auf die höchsten Berggipfel zum Reich der Dämonen hinauf, und dort legte er Schlingen, um die Geister der Vorzeit einzufangen.
Deshalb war keines Menschen Rat so begehrt im ganzen Königreich Hawaii wie der seine. Nach seinen Empfehlungen kauften und verkauften kluge Leute, nach seinen Vorschlägen heirateten und richteten sie ihr Leben ein. Zweimal hatte ihn der König nach Kona kommen lassen, um die Schätze von Kamehameha zu suchen. Keinen Menschen hat man je mehr gefürchtet. Einige seiner Feinde ließ er

durch seinen Zauberbann krank dahinsiechen, andere waren mit Leib und Leben verschwunden, so daß die Leute nicht einmal ihre Gebeine fanden. Es ging das Gerücht, er verfüge über die List und die Gaben der alten Helden. Einige Leute hatten ihn des Nachts auf den Bergen gesehen, wie er von Klippe zu Klippe schritt; sie hatten ihn im hohen Busch gesehen, und sein Kopf und seine Schultern hatten die Bäume überragt.

Dieser Kalamake sah sehr seltsam aus. Er entstammte dem besten und reinsten Blut von Molokai und Maui. Trotzdem war er weißer als irgendein Ausländer. Sein Haar hatte die Farbe von trockenem Gras. Seine Augen waren gerötet und völlig blind, so daß auf den Inseln ein Sprichwort umging: «Blind wie Kalamake, der über den morgigen Tag hinausschauen kann.»

Von all diesem Tun und Treiben seines Schwiegervaters wußte Keola etwas durch das allgemeine Gerede, etwas mehr ahnte er, und der Rest war ihm unbekannt. Aber etwas störte ihn. Kalamake war ein Mann, der an nichts sparte, weder an Speise noch an Trank oder an der Kleidung, und alles bezahlte er mit blanken Dollars. «Blank wie Kalamakes Dollars» war eine andere Redensart auf den Acht Inseln. Und doch verkaufte er nichts, pflanzte auch nichts an und nahm keine Bezahlung – höchstens gelegentlich für seine Zaubereien –, es gab also keine glaubhafte Quelle für so viel Silbergeld. Eines Tages hatte Keolas Weib Bekannte in Kaunakakai auf der Leeseite der Insel besucht; die Männer waren zum Fischfang ausgefahren. Aber

Keola war ein Faulpelz. Er lag auf der Veranda und sah zu, wie das Meer gegen das Ufer brandete und die Vögel um das Riff flogen. Ein Gedanke ließ ihn nicht los – der Gedanke an die blanken Dollars. Wenn er im Bett lag, wunderte er sich, warum es so viele waren, und wenn er morgens erwachte, staunte er, warum sie alle neu waren. Das ging ihm nicht aus dem Sinn. Aber an diesem Tage glaubte er eine Entdeckung gemacht zu haben. Er hatte beobachtet, wo Kalamake seinen Schatz aufbewahrte: in einem verschließbaren Schreibtisch an der Wohnzimmerwand unter dem Bild Kamehamehas V. und einer Photographie der Königin Victoria mit der Krone. Erst am Abend vorher hatte er Gelegenheit gehabt, hineinzuschauen, und siehe da – der Beutel war leer. Und heute kam nun der Dampfer. Auf der Höhe von Kalaupapa sah er schon den Rauch. Bald mußte er anlegen mit Ware für einen Monat, Lachskonserven und Gin und allen möglichen seltenen Delikatessen für Kalamake.

Wenn er heute seine Waren bezahlen kann, dachte Keola, weiß ich genau, daß der Mann ein Hexenmeister ist und daß die Dollars aus des Teufels Tasche stammen.

Gerade dachte er darüber nach, da stand sein Schwiegervater hinter ihm, anscheinend sehr ärgerlich. «Ist das der Dampfer?» fragte er.

«Ja», antwortete Keola, «er braucht nur noch in Pelekunu anzulegen und ist dann bald hier.»

«Dann hilft es nichts», sagte Kalamake. «Da mir nichts Besseres einfällt, muß ich dich ins Vertrauen ziehen, Keola. Komm mit ins Haus.»

Sie gingen ins Wohnzimmer. Es war sehr gut eingerichtet, tapeziert, mit Drucken an den Wänden und nach europäischer Sitte mit einem Schaukelstuhl, einem Tisch und einem Sofa ausgestattet. Auch ein Bücherbord war vorhanden. Auf dem Tisch lag die Familienbibel, und an der Wand stand das verschließbare Schreibpult, so daß jedermann sah, es war das Haus eines wohlhabenden Mannes. Kalamake befahl Keola, die Fensterläden zu schließen, verriegelte selbst die Türen und öffnete den Deckel des Schreibpults. Er entnahm ihm ein paar Halsbänder, an denen Amulette und Muscheln hingen, ein Bündel getrockneter Kräuter, dürre Baumblätter und einen grünen Palmzweig.

«Was ich jetzt tue», sagte er, «ist alles andere als ein Wunder. Unsere Vorfahren waren klug. Sie konnten zaubern, unter anderem auch dies. Damals brauchte man dazu die dunkle Nacht, den günstigen Stand der Gestirne und einen einsamen Ort. Ich will dasselbe hier in meinem eigenen Hause und im vollen Tageslicht vollbringen.» Damit schob er die Bibel unter das Sofakissen, so daß sie völlig verdeckt war, zog von derselben Stelle eine Matte von wunderbar feinem Geflecht hervor und tat die Kräuter und Blätter in eine mit Sand gefüllte Zinnschüssel. Dann legten er und Keola sich die Halsketten um und stellten sich auf den gegenüberliegenden Seiten der Matte auf.

«Es ist so weit», sagte der Hexenmeister, «fürchte dich nicht.»

Er setzte die Kräuter in Brand und begann zu murmeln und mit dem Palmzweig zu wedeln. Wegen der geschlossenen Fensterläden war das Licht anfangs trübe, aber die Kräuter entzündeten sich schnell, die Flammen schlugen Keola entgegen, und der Raum leuchtete im Feuerschein auf. Rauch stieg empor. Keola schwindelte der Kopf, es flimmerte ihm vor den Augen, und er vernahm Kalamakes dumpfes Gemurmel. Plötzlich, schneller als der Blitz, zog oder zupfte es an der Matte, auf der sie standen. Im selben Augenblick waren Zimmer und Haus verschwunden. Keola blieb die Luft weg. Gleißendes Licht fiel ihm in die Augen und strahlte über seinem Haupt: Er fand sich im hellen Sonnenschein am heftig umbrandeten Meeresstrand wieder. Mit dem Hexenmeister stand er auf derselben Matte; nach Atem ringend klammerten sie sich aneinander und hielten die Hand vor die Augen.

«Was war das?» rief Keola, der als der Jüngere zuerst zu Atem kam. «Ich schwebte in Todesängsten.»

«Das macht nichts», keuchte Kalamake, «jetzt ist es vorüber.»

«Wo um Himmels willen sind wir?» rief Keola.

«Das tut nichts zur Sache», erwiderte der Zauberer. «Jetzt sind wir hier, haben einiges zu erledigen, und damit müssen wir uns jetzt befassen. Ich muß mich noch etwas sammeln, du aber gehst jetzt an den Waldrand und bringst mir die Blätter von bestimmten Pflanzen und Bäumen, die du dort in Mengen finden wirst – von jedem drei Hände voll. Beeile dich. Wir müssen zu Hause sein, ehe der Dampfer ankommt. Unser Verschwinden würde auffallen.»

Und nach Atem ringend setzte er sich hin.

Keola ging über den weißen Sand, über die Korallen und Muscheln des Strandes und dachte in seinem Innern: Wie kommt es, daß ich diesen Strand nicht kenne? Ich werde wieder hierherkommen und Muscheln sammeln.

Vor ihm ragten zahlreiche Palmen zum Himmel auf, nicht wie die Palmen auf den Acht Inseln, sondern hoch und frisch und schön, die verdorrten Blätter zwischen dem Grün leuchteten goldfarben, und Keola dachte: Merkwürdig, daß ich diesen Hain noch nicht entdeckt habe. Wenn es erst warm ist, will ich wiederkommen und hier schlafen. Und dann wunderte er sich: Wie warm ist es plötzlich geworden! Denn in Hawaii war es Winter, und der Tag war kühl gewesen. Wieder überlegte er sich: Wo liegen diese grauen Berge? Und wo liegt diese hohe Klippe mit dem hängenden Wald und den kreisenden Vögeln? Aber je mehr er nachdachte, desto weniger wußte er, in welche Gegend der Inseln er geraten war.

Am Rande des Wäldchens, da wo es an den Strand grenzte, wuchs das Kraut, der Baum aber stand weiter zurück. Als er auf den Baum zuging, gewahrte er ein nur mit einem Laubgürtel bekleidetes Mädchen.

Nun, sagte sich Keola, mit der Kleidung nehmen sie es in diesem Teil des Landes nicht so genau. Und er blieb stehen, denn er nahm an, sie würde ihn beobachten und davonlaufen. Aber als er sah, daß sie immer nur vor sich hinblickte, fing er laut zu summen an. Bei diesen Tönen sprang sie auf. Ihr Gesicht war aschfahl. Zu Tode erschrocken blickte

sie um sich und rang nach Atem. Aber seltsamerweise sah sie ihn nicht an.
«Guten Tag», sagte er. «Du brauchst nicht so zu erschrecken, ich werde dich nicht auffressen.» Doch kaum hatte er den Mund aufgemacht, da entfloh das Mädchen in den Busch.
Das sind seltsame Manieren, überlegte er, und ohne zu bedenken, was er tat, rannte er hinter ihr her.
Während sie davonlief, rief das Mädchen etwas in einer Sprache, die man in Hawaii nicht kannte. Aber an einigen gleichen Wörtern merkte er, daß sie anderen etwas zurief und sie warnte. Und dann sah er noch mehr Menschen davonlaufen – Männer, Frauen und Kinder. Alle miteinander liefen und schrien wie bei einer Feuersbrunst. Da befiel ihn selbst Furcht. Er kehrte zu Kalamake zurück, gab ihm die Blätter und berichtete ihm, was er gesehen hatte.
«Darauf darfst du nicht achten», sagte Kalamake. «Das sind Traum- und Schattengestalten. Sie vergehen und versinken in Vergessenheit.»
«Mir kam es vor, als hätte mich niemand gesehen», antwortete Keola.
«So ist es auch», erwiderte der Zauberer. «Diese Amulette machen uns selbst im hellen Sonnenlicht unsichtbar. Aber sie hören uns. Deshalb mußt du so leise sprechen wie ich.»
Währenddessen errichtete er rings um die Matte aus Steinen einen Kreis, und mitten hinein legte er die Blätter.
«Deine Aufgabe», sagte er, «ist es, die Blätter am Brennen zu halten und langsam nachzulegen. Wäh-

rend sie aufflammen – das dauert nur eine kurze Weile –, muß ich mein Vorhaben ausführen. Und ehe die Asche schwarz wird, trägt uns dieselbe Macht, die uns hergeführt hat, wieder davon. Halte jetzt das Zündholz bereit und rufe mich rechtzeitig, damit nicht die Flamme verlöscht und ich hier zurückbleibe.»
Sobald die Blätter Feuer gefangen hatten, sprang der Zauberer wie ein Hirsch aus dem Kreis hinaus und begann wie ein Hund, der gebadet hat, am Strand entlangzurennen. Im Laufen bückte er sich immer wieder, um Muscheln aufzuheben, und es kam Keola vor, als glitzerten sie, wenn er sie aufhob. Die Blätter brannten mit heller Flamme, von der sie rasch verzehrt wurden, und bald hatte Keola nur noch eine Handvoll übrig, aber der Zauberer war weit weg und lief und bückte sich ständig.
«Zurück!» schrie Keola, «zurück! Die Blätter sind fast verbrannt!»
Bei diesen Worten machte Kalamake kehrt, und war er bis dahin gelaufen, so flog er jetzt. Aber so schnell er rannte, die Blätter brannten noch schneller. Eben war das Feuer am Verlöschen, da landete er mit einem mächtigen Satz auf der Matte. Der Luftzug seines Sprunges blies die Flammen aus, und im gleichen Augenblick waren der Strand und die Sonne und die See verschwunden. Sie standen wieder – mitgenommen und geblendet – in der Dämmerung des verdunkelten Wohnzimmers, und zwischen ihnen auf der Matte lag ein Haufen blanker Dollarstücke. Keola lief zu den Fensterlä-

den, und da lag das Dampfboot am Ufer und rollte in der Brandung.

An diesem Abend nahm Kalamake seinen Schwiegersohn beiseite und drückte ihm fünf Dollar in die Hand.

«Keola», sagte er, «wenn du klug bist – und ich zweifle nicht daran –, wirst du dir einbilden, du seist heute nachmittag auf der Veranda eingeschlummert und habest geträumt. Ich bin ein Mann von wenig Worten und brauche als Helfer Menschen mit einem kurzen Gedächtnis.»

Mehr ließ er nicht verlauten und kam auch nicht wieder auf die Sache zu sprechen. Aber Keola ging sie dauernd im Kopf herum. War er vorher faul gewesen, so wollte er jetzt gar nichts mehr tun.

Warum soll ich arbeiten, sagte er sich, wenn ich einen Schwiegervater habe, der aus Muscheln Dollars macht?

Bald hatte er seinen Anteil ausgegeben und das ganze Geld in schönen Kleidern angelegt.

Betrübt dachte er: Hätte ich mir doch eine Ziehharmonika gekauft, mit der ich mir den ganzen Tag die Zeit hätte vertreiben können. Und er fing an, sich über Kalamake zu ärgern.

Dieser Mann hat eine niedrige Seele, sagte er sich. Er kann am Strande Dollars sammeln, wenn es ihm paßt, und mich läßt er hier nach einer Ziehharmonika verschmachten. Er soll sich nur hüten. Ich bin kein Kind mehr. So schlau wie er bin ich auch, und ich kenne sein Geheimnis. Darauf sprach er mit seinem Weibe Lehua und beklagte sich über ihres Vaters Verhalten.

«Ich würde meinen Vater in Ruhe lassen», sagte sie.
«Er ist ein gefährlicher Mann, wenn man ihm in die Quere kommt.»
«Das kümmert mich so viel!» rief er und schnippte mit den Fingern. «Ich habe ihn an der Nase, und er muß tun, was ich will.» Und dann erzählte er Lehua die Geschichte.
Aber sie schüttelte nur den Kopf.
«Du kannst tun, was du willst, aber das ist sicher: Wenn du meinen Vater störst, wird man nie wieder etwas von dir hören. Denke an diesen und jenen. Denke an Hua, der ein vornehmer Mann im Repräsentantenhaus war und jedes Jahr nach Honolulu ging; weder ein Bein noch ein Haar hat man je von ihm wiedergesehen. Denke an Kamau, und wie er zu einem Bindfaden abmagerte, so daß sein Weib ihn mit einer Hand hochhob. Keola, in meines Vaters Hand bist du ein kleines Kind. Er wird dich zwischen Daumen und Zeigefinger nehmen und wie eine Krabbe aufessen.»
Keola hatte tatsächlich Angst vor Kalamake, aber er war auch eitel, und diese Worte seines Weibes brachten ihn auf.
«Schön», sagte er, «wenn du so von mir denkst, werde ich dir zeigen, daß du dich geirrt hast.» Und er ging auf der Stelle zu seinem Schwiegervater ins Wohnzimmer.
«Kalamake», sagte er, «ich möchte eine Ziehharmonika haben.»
«So, wirklich?» fragte der.
«Ja», fuhr Keola fort, «und ich sage es klar und deutlich, ich werde mir eine beschaffen. Ein Mann,

der Dollars vom Strande aufliest, ist wohl auch in der Lage, eine Ziehharmonika herbeizubringen.»
«Ich wußte gar nicht, daß du so viel los hast», entgegnete der Zauberer. «Ich habe immer geglaubt, du seist ein ängstlicher, unbrauchbarer Bursche. Ich kann dir kaum sagen, wie sehr ich mich freue, daß ich mich geirrt habe. Nun glaube ich fast, daß ich einen Gehilfen und Nachfolger in meinem schwierigen Geschäft gefunden habe. Eine Ziehharmonika? Die beste in ganz Honolulu sollst du bekommen. Heute abend, sobald es dunkel ist, werden du und ich uns das Geld holen.»
«Gehen wir wieder an den Strand?» fragte Keola.
«Nein, nein», antwortete Kalamake, «du mußt noch mehr von meinen Geheimnissen kennenlernen. Diesmal will ich dich lehren, Fische zu fangen. Bist du stark genug, Pilis Boot ins Wasser zu schieben?»
«Ich glaube schon», entgegnete Keola. «Aber warum nehmen wir nicht dein eigenes, das ja schon flott ist?»
«Dafür habe ich einen Grund, den du noch vor morgen früh gründlich verstehen wirst», versetzte Kalamake. «Pilis Boot eignet sich für meine Absichten besser. Also treffen wir uns dort, wenn es dir recht ist, nach Dunkelwerden. Inzwischen wollen wir die Sache ganz für uns behalten, denn es hat keinen Sinn, uns von der Familie in die Karten sehen zu lassen.»
Kein Honig kann so süß sein, wie die Stimme Kalamakes es war, und Keola konnte seine Befriedigung kaum verbergen.

Ich hätte meine Ziehharmonika schon vor Wochen haben können, sagte er sich. In dieser Welt braucht man doch nur etwas Mut.

Kurz darauf sah er Lehua weinen und wollte ihr fast schon sagen, alles sei in Ordnung.

Aber nein, dachte er, ich will lieber warten, bis ich die Ziehharmonika habe, dann werden wir ja sehen, was der Kindskopf tun wird. Vielleicht sieht sie künftig ein, daß ihr Mann nicht gerade dumm ist.

Kaum war es dunkel, schoben Vater und Schwiegersohn Pilis Boot ins Wasser und setzten das Segel. Die See ging hoch, und es blies ein heftiger Wind leewärts. Aber das Boot war schnell und leicht, holte kein Wasser über und schoß über die Wogen dahin. Der Hexenmeister zündete eine Laterne an und hielt sie fest, indem er einen Finger durch den Ring steckte. Die beiden saßen im Heck und rauchten Zigarren, von denen Kalamake stets einen Vorrat bei sich hatte. Wie Freunde sprachen sie über Magie und die großen Geldsummen, die sie damit verdienen könnten, redeten davon, was sie zuerst kaufen wollten und was später, und Kalamake redete wie ein Vater.

Kurz darauf blickte er sich um, dann hinauf zu den Sternen und zurück zur Insel, die schon zu drei Vierteln im Meer versunken war. Es schien, als orientierte er sich gründlich.

«Schau», sagte er, «da liegt Molokai schon weit hinter uns, und Maui gleicht einer Wolke, und an der Stellung dieser drei Sterne erkenne ich, daß ich da bin, wo ich hin wollte. Dieser Teil der See heißt

Totenmeer. Es ist hier außerordentlich tief, der Boden ist überall mit Menschenknochen bedeckt, und in den Höhlen tief unten wohnen Götter und Dämonen. Die Meeresströmung geht nach Norden, schneller als ein Hai schwimmt, und jeden, der hier über Bord geworfen wird, trägt sie wie ein wildes Roß in den entferntesten Ozean. In kurzer Zeit ist er erschöpft, seine Gebeine werden zu den übrigen verstreut, und seine Seele verschlingen die Götter.»
Bei diesen Worten wurde Keola von Entsetzen gepackt. Er blickte um sich, und im Licht der Sterne und der Laterne schien es, als verwandelte sich der Hexenmeister.
«Was fehlt dir?» schrie Keola.
«Mir fehlt gar nichts», versetzte der Hexenmeister. «Aber einem anderen hier ist sehr übel.»
Gleichzeitig wechselte er seinen Griff an der Laterne, und siehe da, als er seinen Finger aus dem Ring ziehen wollte, blieb der Finger stecken, der Ring zerbrach, und seine Hand war zur Größe von drei Händen gewachsen.
Bei diesem Anblick kreischte Keola auf und hielt sich die Hände vors Gesicht.
Aber Kalamake hob die Laterne hoch. «Sieh mir lieber ins Gesicht», sagte er. Sein Kopf war so riesig wie ein Faß, er wuchs und wuchs wie eine Wolke über dem Gebirge, und Keola saß schreiend vor ihm, während das Boot über die hohen Wogen sauste.
«Wie denkst du nun über die Ziehharmonika?» fragte Kalamake. «Möchtest du nicht doch lieber eine Flöte haben? Nein?» fuhr er fort. «Dann ist es

gut, denn ich mag es nicht, wenn meine Familie in ihren Vorsätzen unbeständig ist. Aber ich sollte doch wohl besser dieses erbärmliche Boot verlassen, denn mein Umfang wird ungewöhnlich groß, und wenn wir nicht vorsichtig sind, wird es bald voll Wasser schlagen.»

Damit schob er seine Beine über Bord. Dabei wurde er in Seufzer- oder Gedankenschnelle wohl um das Dreißig- bis Vierzigfache größer, so daß er bis zu den Achselhöhlen in der tiefen See stand. Sein Kopf und seine Schultern ragten wie eine hohe Insel aus dem Wasser, und die Brandung schlug und brach sich an seiner Brust wie an einem Riff. Das Boot lief immer noch auf Nordkurs, er aber streckte seine Hand aus, nahm das Dollbord zwischen Daumen und Zeigefinger und zerbrach das Boot wie ein Stück Biskuit. Keola wurde ins Meer geschleudert. Die Trümmer des Bootes zerdrückte der Zauberer in der hohlen Hand und warf sie meilenweit weg in die Nacht.

«Entschuldige, daß ich die Laterne mitnehme», sagte er, «aber ich muß noch eine lange Strecke waten, und das Land ist noch weit. Der Meeresboden ist uneben. Ich fühle die Gebeine unter meinen Zehen.»

Er wandte sich um und ging mit großen Schritten davon, und jedesmal, wenn Keola in einem Wellental versank, war er verschwunden, aber wenn er auf einen Wellenkamm emporgehoben wurde, sah er ihn davonschreiten. Die Lampe hielt er hoch über dem Kopf, und während er ging, brachen sich die weißschäumenden Wogen an ihm.

Seit Urzeiten, als die Inseln aus dem Meere gefischt wurden, ist wohl nie ein Mensch entsetzter gewesen als Keola. Zwar schwamm er, aber nur in der Art junger Hunde, die man ins Wasser geworfen hat, um sie zu ertränken, und er wußte nicht, wohin er sich wenden sollte. Immer mußte er daran denken, wie ungeheuer groß der Zauberer geworden war, an dieses Gesicht, groß wie ein Berg, an diese Schultern, so breit wie eine Insel, an die See, die sich vergeblich an ihnen brach. Auch die Ziehharmonika fiel ihm zu seiner Beschämung ein und die Gebeine der Toten, und jedesmal zitterte er vor Angst. Plötzlich sah er im Sternenlicht einen dunklen, schwankenden Gegenstand und weiter unten ein Licht über den schimmernden Brechern der See, und er hörte Menschen sprechen. Laut schrie er auf, eine Stimme antwortete, und gleich darauf schwebte auf einer Woge der Bug eines Schiffes gerade über ihm und stieß dann wieder tief hinab. Mit beiden Händen packte Keola die Ketten, im nächsten Augenblick war er in der brausenden See begraben und wurde fast gleichzeitig von den Matrosen an Bord gezogen.

Sie gaben ihm Gin und Zwieback und trockene Kleider. Dann fragten sie ihn, wie er mitten auf die hohe See gekommen sei und ob das Licht, das sie gesehen hätten, der Leuchtturm von Lae o ka Laau sei. Aber Keola wußte, daß die Weißen wie Kinder sind und nur an ihre eigenen Geschichten glauben, und so erzählte er ihnen von sich selbst, was ihm gerade einfiel. Von dem Licht aber – Kalamakes Laterne – schwor er nichts gesehen zu haben.

Das Schiff war ein Schoner auf dem Wege nach Honolulu, der später die kleinen Inseln anlaufen sollte, um dort Handel zu treiben. Es war ein Glück für Keola, daß man an Bord einen Mann verloren hatte, den eine Bö vom Bugspriet gefegt hatte. Darüber sprach man nicht weiter. Auf den Acht Inseln konnte Keola nicht bleiben. Ein Gerücht verbreitet sich schnell, alle Menschen schwatzen gern und erzählen sich Neuigkeiten, und wenn er sich am Nordende von Kauai oder an der Südspitze von Kaü versteckt hätte, so würde der Hexenmeister spätestens in einem Monat davon Wind bekommen haben, und Keola würde sterben müssen. So handelte er, wie es ihm am gescheitesten schien, und ließ sich an Stelle des Ertrunkenen anheuern. In mancher Beziehung war es gut sein auf dem Schiff. Die Verpflegung war außerordentlich kräftig und reichlich; jeden Tag Zwieback und Pökelfleisch und zweimal in der Woche Erbsensuppe und Pudding aus Mehl und Talg, so daß Keola dick wurde. Auch der Kapitän war ein anständiger Kerl und die Besatzung nicht schlechter als andere Weiße. Schlimm jedoch war der Maat. Er war am schwersten zufriedenzustellen von allen Leuten, die Keola je getroffen hatte. Täglich schlug er ihn und fuhr ihn an für das, was er tat, und das, was er nicht tat. Er schlug brutal zu und fluchte dabei gotteslästerlich. Keola aber kam aus guter Familie und war gewöhnt, daß man ihn achtete. Und als am schlimmsten empfand er es, daß jedesmal, wenn er sich kaum zum Schlafen hingelegt hatte, der Maat schon dastand und ihn mit einem Tauende aufscheuchte. Das konnte so nicht weitergehen, und Keola beschloß, davonzulaufen.

Sie waren noch ungefähr einen Monat von Honolulu entfernt, als sie Land ausmachten. Es war eine schöne sternenhelle Nacht, die See war glatt und der Himmel klar. Ein gleichmäßiger Passat blies, und auf der Wetterseite sah man die Insel flach auf der See. Der Kapitän und der Maat standen beim Ruder und blickten mit dem Nachtglas hinüber. Sie nannten den Namen der Insel und sprachen darüber, während Keola steuerte. Anscheinend kam auf diese Insel nie ein Händler. Überdies wohnte dort nach Ansicht des Kapitäns kein Mensch, aber der Maat war anderer Meinung.

«Für das Handbuch* gebe ich keinen Cent», sagte er. «Hier bin ich eines Nachts mit dem Schoner *Eugenie* vorbeigekommen. Es war eine ebensolche Nacht wie heute. Da fischten sie mit Fackeln, und der Strand war hell erleuchtet wie eine Stadt.»

«Na schön», entgegnete der Kapitän. «Hier fällt es steil ab. Das ist die Hauptsache, und nach der Karte sind auch keine gefährlichen Stellen in der Nähe. So werden wir dicht an Lee vorbeilaufen. Halt gerade drauf zu, hörst du!» rief er Keola zu, der so aufmerksam hinhorchte, daß er zu steuern vergaß. Auch der Maat fluchte und schwor, der Kanake sei zu nichts nutze auf der Welt. Wenn er erst mit einem Splißhorn hinter ihm her wäre, würde es

---

* Alexander George Findlay, *Directory for the navigation of the Pacific Ocean...* (1851), ein Buch, das Stevenson bei seinen Kreuzfahrten in der Südsee selbst benutzte und das sich noch in seinem Nachlaß befand (Anmerkung des Übersetzers).

einen harten Tag für ihn geben. Dann legten Kapitän und Maat sich auf die Kajüte und überließen Keola sich selbst.

Das ist die richtige Insel für mich, sagte er sich. Wenn dort keine Händler Geschäfte machen, kommt auch der Maat nicht hin, und Kalamake wird niemals so weit reisen.

Langsam steuerte er den Schoner immer näher ans Land. Das mußte er ganz unauffällig tun, denn bei diesen Weißen und ganz besonders bei dem Maat wußte man niemals, woran man war. Alle schliefen anscheinend in bester Gesundheit oder taten wenigstens so, und wenn ein Segel killte, sprangen sie auf und fielen mit einem Tauende über einen her. So kam Keola ganz langsam dichter an die Küste heran und hielt das Schiff vor dem Wind; bald war die Küste ganz nahe, und das Geräusch des Meeres an den Planken des Schiffes wurde stärker.

Da richtete sich der Maat auf der Kajüte plötzlich auf.

«Was machst du da?» brüllte er. «Gleich setzt du das Schiff auf den Strand!»

Mit einem Sprung stürzte er auf Keola zu. Der aber sprang glatt über die Reling und hinein in die sternenglitzernde See. Als er hochkam, hatte der Schoner wieder auf seinen richtigen Kurs gedreht. Der Maat stand am Ruder, und Keola hörte ihn fluchen. An der Leeseite der Insel war das Meer glatt. Außerdem war es warm, und Keola hatte sein Seemannsmesser bei sich, so daß er keine Angst vor Haien hatte. Dicht vor ihm hörten die Bäume auf. In der Küstenlinie war eine Lücke wie die Mündung eines Hafens, und die Tide, die eben hoch stand, trug ihn hinauf und hindurch. Eine Minute lang schwamm er noch draußen, und in der nächsten war er schon drinnen. Er schwamm in weitem, flachem Lagunenwasser. Es funkelte von unzähligen Sternen, und ringsum dehnte sich der Landgürtel mit seinem Palmenstreifen. Keola wunderte sich, denn eine solche Insel hatte er noch nie gesehen.

Die Zeit, die Keola an diesem Ort zubrachte, zerfiel in zwei Abschnitte, den einen, da er allein war, und den anderen, in dem er mit dem Stamm zusammen lebte. Zuerst suchte er überall und fand keinen Menschen. Nur einige Häuser standen auf einem Dorfplatz. Daneben sah man Spuren von Feuerstellen. Aber die Asche war kalt, und der Regen hatte sie hinweggewaschen. Der Wind hatte einige Hütten umgeweht. Hier schlug er seine Wohnung auf, machte sich einen Feuerbohrer und aus einer Muschel einen Haken. Er fischte, kochte seine Fische und kletterte nach grünen Kokosnüssen, deren Saft er trank, denn auf der ganzen Insel gab es kein Wasser. Die Tage waren lang und die Nächte schrecklich. Aus einer Kokosnußschale machte er sich eine Lampe und preßte aus den reifen Nüssen Öl. Aus Fasern drehte er einen Docht, und wenn es Abend wurde, verschloß er seine Hütte, zündete seine Lampe an und lag da bebend bis zum nächsten Morgen. Oft dachte er in seinem Herzen, besser läge er auf dem Grunde des Meeres, und seine Gebeine rollten dort mit den anderen hin und her. Während der ganzen Zeit blieb er an der Innenseite der Insel, denn die Hütten standen am Strand der Lagune. Dort wuchsen die besten Palmen, und die Lagune wimmelte von guten Fischen. An die Außenseite ging er nur einmal, sah sich den Meeresstrand an und kam zitternd zurück, denn der Anblick des hellen, mit Muscheln bestreuten Sandes unter der gleißenden Sonne und der wogenden Brandung erregte seinen Widerwillen.

Es kann doch nicht sein, sagte er sich, und doch gleicht er ihm sehr. Und wie kann ich das wissen? Diese Weißen behaupten zwar, sie wüßten, wohin sie segelten, aber sie müssen es darauf ankommen lassen, wie alle anderen auch. Wir können also trotzdem in einem Kreise gesegelt sein, und so bin ich vielleicht ganz nahe bei Molokai, und dies ist der Strand, auf dem mein Schwiegervater seine Dollars sammelt.

Daher war er künftig vorsichtig und hielt sich auf der Landseite.

Etwa einen Monat später kamen die Bewohner des Dorfes an — sechs große Boote voll. Es war ein schöner Menschenschlag. Sie redeten eine Sprache, die ganz anders als Hawaiisch klang, aber viele Wörter waren doch dieselben, so daß man sie gut verstehen konnte. Außerdem waren die Männer sehr höflich und die Frauen sehr zutraulich. Man hieß Keola willkommen. Sie bauten ihm ein Haus und gaben ihm ein Weib, und was ihn am meisten überraschte: Niemals wurde er mit den jungen Männern zur Arbeit geschickt.

Jetzt durchlebte Keola drei Zeitabschnitte. Zuerst war er sehr niedergeschlagen. Dann fühlte er sich ziemlich wohl, und zum Schluß wurde er der verängstigteste Mensch in allen vier Weltteilen.

Die Ursache für seine Stimmung während des ersten Zeitabschnitts war das Mädchen, das er zum Weibe genommen hatte. Über die Insel war er im Zweifel, und er hätte im Zweifel sein können über die Sprache, von der er nur wenig gehört hatte, als ihn die Matte des Zauberers hierhergetragen hatte. Über sein Weib aber war kein Irrtum möglich, denn es war dasselbe Mädchen, das schreiend vor ihm in den Wald gelaufen war. So war er den ganzen Weg hierher gesegelt. Genausogut hätte er in Molokai bleiben können. Seine Heimat, sein Weib und alle seine Freunde hatte er ja aus keinem anderen Grund verlassen, als um seinem Feinde zu entgehen, und dieser Insel, auf der er sich jetzt befand, war sein Jagdrevier. Hier trieb er unsichtbar sein Wesen. Während dieser Zeit hielt er sich meistens auf der Lagunenseite auf und blieb, soweit sich das machen ließ, im Schutz seiner Hütte.

Der Anlaß seines Wohlbefindens während des zweiten Zeitabschnitts waren Erzählungen, die er von seinem Weibe und von den Häuptlingen der Insulaner gehört hatte. Keola selbst sprach nur wenig. So ganz sicher fühlte er sich seinen neuen Freunden gegenüber niemals, denn er hielt sie für zu höflich, als daß er ihnen hätte trauen können. Zumal seitdem er seinen Schwiegervater näher kennengelernt hatte, war er vorsichtiger geworden. Daher erzählte er ihnen nichts über sich selbst, abgesehen von seinem Namen und seiner Abstammung, und daß er von den Acht Inseln komme und wie schön es dort sei, vom Königspalast in Honolulu und wie eng befreundet er mit dem König und den Missionaren sei. Aber er fragte und erfuhr dabei ziemlich viel. Die Insel, auf der er sich befand, hieß die «Insel der Stimmen». Sie gehörte dem Stamm, aber die Leute wohnten auf einer anderen Insel, die drei Stunden Fahrt nach Süden lag. Dort lebten sie und hatten ihre festen Häuser. Es war eine reiche Insel, auf der es Eier, Hühner und Schweine gab und wo Schiffe anlegten, die mit Rum und Tabak handelten. Dorthin war auch der Schoner gefahren, von dem Keola desertiert war. Dort war auch der Maat gestorben als der weiße Narr, der er war. Wahrscheinlich hatte gerade bei Ankunft des Schiffes auf dieser Insel die ungesunde Jahreszeit begonnen, in der die Fische in der Lagune giftig sind und alle, die davon essen, aufschwellen und sterben. Das hatte man dem Maat gesagt. Er hatte gesehen, wie die Boote hergerichtet wurden, denn in dieser Jahreszeit ziehen die Leute fort und segeln nach der Insel der Stimmen. Aber er war eben ein weißer Narr, der nur seinen eigenen Erzählungen glaubte. So fing er einen Fisch, kochte ihn und aß ihn, schwoll auf und starb. Das war eine gute Nachricht für Keola. Die Insel der Stimmen selbst war den größten Teil des Jahres verlassen. Höchstens kam hier und da eine Bootsbesatzung, um Kopra zu holen. In der schlechten Jahreszeit, wenn auf der Hauptinsel die Fische giftig waren, wohnte dann der Stamm gemeinsam dort. Ihren Namen hatte die Insel von einem Wunder, denn offenbar war die Seeseite von unsichtbaren Teufeln bewohnt. Tag und Nacht hörte man sie in seltsamen Sprachen miteinander reden, und Tag und Nacht flackerten kleine Feuer am Strande auf und wurden wieder gelöscht. Die Ursache davon kannte kein Mensch. Keola fragte sie, ob es solche Dinge auch auf der Insel gäbe, auf der sie gewöhnlich wohnten. Man antwortete ihm, nein, dort nicht und ebensowenig auf irgendeiner von den anderen über hundert Inseln, die ringsum in der See lägen. Das sei eine Eigentümlichkeit der «Insel der Stimmen». Sie erzählten ihm auch, die Feuer und Stimmen befänden sich stets an der Seeseite und in dem zur See gelegenen Saum des Waldes. Ein Mensch könnte zweitausend Jahre lang an der Lagune wohnen – natürlich, wenn er so lange leben würde –, ohne jemals gestört zu werden. Aber auch an der Seeseite täten die Teufel niemandem etwas zuleide, wenn man sie in Ruhe ließe. Einmal nur hätte ein Häuptling einen Speer nach einer der Stimmen geworfen, und noch am gleichen Abend wäre er von einer Kokospalme gestürzt und tot liegengeblieben.

Eine Weile überlegte sich Keola die Sache. Er sah, daß ihm nichts geschehen würde, wenn der Stamm zu der Hauptinsel zurückkehrte, und daß er ebenfalls in Sicherheit wäre, wenn er an der Lagune bliebe. Aber er beabsichtigte, es womöglich noch besser zu machen. So erzählte er dem Häuptling, er hätte einmal auf einer Insel gelebt, die in der gleichen Weise heimgesucht worden wäre, und die Leute dort hätten ein Mittel entdeckt, diesem Übelstand abzuhelfen.

«Dort im Busch wuchs ein Baum», sagte er, «von

dem sich die Teufel wahrscheinlich das Laub holten. Daher fällten die Inselbewohner den Baum, wo sie ihn fanden, und die Teufel kamen nicht wieder.»
Sie fragten ihn, was für ein Baum das denn sei, und er zeigte ihnen den, dessen Blätter Kalamake verbrannt hatte. Es schien ihnen kaum glaubhaft, aber der Gedanke reizte sie. Abend für Abend diskutierten die Alten in ihren Ratsversammlungen, aber der Oberhäuptling hatte – wenngleich er ein tapferer Mann war – Angst vor dem Unternehmen und erinnerte sie täglich an den Häuptling, der einen Speer nach den Stimmen geworfen hatte und getötet worden war. So brachte sie der Gedanke daran wieder von ihrem Vorhaben ab.
Obgleich er die Vernichtung der Bäume nicht zuwege bringen konnte, fühlte sich Keola durchaus wohl, sah sich überall um und fing an, sich seines Lebens zu freuen. Auch war er freundlicher zu seinem Weibe, so daß sie ihn sehr liebgewann. Eines Tages kam er zu der Hütte und fand sie jammernd am Boden.
«Nun?» fragte er, «was fehlt dir denn jetzt?»
Es sei nichts, erwiderte sie.
Doch in derselben Nacht weckte sie ihn auf. Die Lampe brannte mit kleiner Flamme, aber er sah es ihr am Gesicht an, daß sie in Sorge war.
«Keola», begann sie, «lege dein Ohr an meinen Mund, damit ich flüstern kann, denn niemand darf uns hören. Zwei Tage, ehe mit der Ausrüstung der Boote begonnen wird, gehst du auf die Seeseite und legst dich dort zwischen den Büschen nieder. Wir beide, du und ich, werden die Stelle vorher aussu-

chen und dort Nahrungsmittel verstecken. Und jeden Abend werde ich dort vorübergehen und singen. An dem Abend, an dem du mich nicht singen hörst, weißt du, daß wir abgefahren sind. Dann kannst du in aller Ruhe wieder hervorkommen.»

Keola fühlte, wie sein Herz stehenblieb.

«Was soll das heißen?» rief er. «Ich kann doch nicht unter Teufeln leben. Ich will nicht auf dieser Insel zurückgelassen werden. Ich sterbe vor Sehnsucht, von hier wegzukommen.»

«Du wirst niemals lebend von hier wegkommen, mein armer Keola», sagte das Mädchen. «Ich will dir die Wahrheit sagen. Meine Leute sind Menschenfresser, aber das halten sie geheim. Und sie wollen dich vor unserer Abfahrt töten, weil an unserer Insel Schiffe anlegen, und Donat-Kimaran kommt und spricht für die Franzosen, und dort lebt ein weißer Händler in seinem Hause mit einer Veranda, und außerdem ist da ein Katechet. Ach, ist das ein schöner Ort! Der Händler hat Fässer voll Mehl, und einmal kam ein französisches Kriegsschiff in die Lagune und gab jedem Wein und Zwieback. Ach, mein armer Keola, ich wünschte, ich könnte dich mitnehmen, denn ich liebe dich sehr, und es ist wirklich die schönste Insel mit Ausnahme von Papeete.»

Jetzt war Keola der verängstigteste Mensch in allen vier Weltmeeren. Er hatte von Menschenfressern auf den südlichen Inseln erzählen hören, und das hatte ihn stets mit Entsetzen erfüllt. Und jetzt klopften sie an seine Tür. Außerdem hatten ihm

Reisende von ihren Gewohnheiten berichtet, daß sie, wenn sie Appetit auf einen Menschen haben, ihn hegen und pflegen wie eine Mutter ihr Lieblingskind. Das war zweifellos auch bei ihm der Fall, denn deshalb hatten sie ihm ein Haus gegeben und ihn ernährt, ihn mit einer Frau versehen und von aller Arbeit befreit, und die Alten und die Häuptlinge hatten sich mit ihm wie mit einer gewichtigen Persönlichkeit unterhalten. Er lag auf seinem Bett und haderte mit seinem Geschick, und das Fleisch erstarrte ihm auf den Knochen.

Am nächsten Tage waren die Leute des Stammes, wie es so ihre Art war, wieder sehr höflich zu ihm. Gewandt unterhielten sie sich, gebrauchten schöne poetische Redewendungen und scherzten bei den Mahlzeiten, so daß selbst ein Missionar vor Lachen gestorben wäre. Keola kümmerten ihre feinen Manieren nur wenig. Er sah nur, wie die weißen Zähne in ihren Mäulern glänzten, und ihm wurde übel. Als sie mit ihrer Mahlzeit fertig waren, ging er weg und lag wie ein Toter im Busch.

Am nächsten Tage war es ganz dasselbe. Da ging sein Weib ihm nach.

«Keola», sagte sie, «wenn du nichts ißt, sage ich dir ohne Umschweife, daß du morgen umgebracht und gebraten wirst. Einige der alten Häuptlinge murren bereits. Sie meinen, du wärest krank und verlörest Fleisch.»

Bei diesen Worten sprang Keola zornentbrannt auf. «Das eine wie das andere kümmert mich wenig», sagte er. «Ich sitze hier zwischen den Teufeln und dem tiefen Meer. Wenn ich schon sterben muß, so möchte ich möglichst schnell umkommen, und wenn ich bestenfalls aufgefressen werden soll, dann lieber von Geistern als von Menschen. Lebewohl», schloß er, ließ sie stehen und ging zur Seeseite der Insel.

Öde lag sie unter der starken Sonne. Kein Anzeichen menschlichen Lebens war vorhanden. Nur der Strand wies Fußspuren auf, und während Keola dahinging, redeten und flüsterten rings um ihn her die Stimmen, und die kleinen Feuerchen flammten auf und brannten nieder. Alle Sprachen der Erde waren hier zu hören: Französisch, Holländisch, Russisch, Tamulisch, Chinesisch. Aus jedem Lande, wo man Zauberei trieb, waren Menschen da und flüsterten Keola ins Ohr. Der Strand war bevölkert wie ein Jahrmarkt, aber niemand war zu sehen, und er ging seines Wegs und beobachtete, wie die Muscheln verschwanden. Aber er sah niemanden, der sie aufhob. Ich glaube, selbst der Teufel hätte Angst gehabt, in einer solchen Gesellschaft zu sein. Aber Keola war über jede Furcht erhaben. Er suchte den Tod. Wenn die Feuer aufflackerten, stürzte er sich wie ein Stier darauf. Körperlose Stimmen riefen hier und dort, unsichtbare Hände schütteten den Sand auf die Flammen, und sie verschwanden vom Strand, ehe er sie erreichte.

Kalamake ist offenbar nicht hier, sagte er sich, sonst müßte ich längst umgebracht worden sein.

Er setzte sich am Rande des Waldes nieder, denn er war müde, und stützte sein Kinn in die Hand. Vor seinen Augen ging es unaufhörlich weiter. Überall am Strand summten Stimmen, die Feuer flammten auf und verloschen wieder, und die Muscheln verschwanden und erneuerten sich, während er zusah. Das war ein ruhiger Tag, als ich damals hier war, dachte er, nicht zu vergleichen mit heute.

Sein Kopf schwindelte bei dem Gedanken an die Millionen und Millionen Dollar und die Hunderte und aber Hunderte von Menschen, die sie hier am Strande auflasen und mit denen sie höher und schneller als Adler durch die Luft davonflogen.

Daran zu denken, wie sie mich zum Narren gehalten haben mit ihrem Gerede von Münzprägestellen, sagte er sich, und daß das Geld dort hergestellt wird, während es offensichtlich ist, daß alle neuen Münzen auf der ganzen Welt hier aus dem Sande aufgesammelt werden! Aber das nächstemal weiß ich es besser.

Schließlich, er wußte nicht genau wie und wann, schlief er ein und vergaß die Insel und seine Sorgen. Frühmorgens am nächsten Tage, noch ehe die Sonne aufgegangen war, wurde Keola durch großen Lärm geweckt. Angsterfüllt erwachte er, denn er glaubte, der Stamm hätte ihn im Schlaf aufgegriffen. Aber das war nicht der Fall. Nur schrien und riefen auf dem Strande die körperlosen Stimmen einander zu, und es schien, als liefen alle an ihm vorüber und die Küste entlang.

Was ist denn jetzt wohl los? überlegte er, denn das war ihm klar, daß etwas Außergewöhnliches geschehen sein mußte, da die Feuer nicht angezündet und keine Muscheln gesammelt wurden. Ohne Unterlaß jagten die körperlosen Stimmen über den Strand, Rufe ertönten und verhallten, immer aufs neue. Dem Ton nach zu urteilen waren die Zauberer erbost.

Auf mich sind sie jedenfalls nicht zornig, dachte er, denn sie gehen an mir vorüber.

Wie wenn Hunde oder Pferde bei einem Rennen oder die Leute in der Stadt zu einer Feuersbrunst laufen und alle anderen sich anschließen und mitrennen, so ging es jetzt Keola. Er wußte nicht, was er tat und warum er es tat, aber plötzlich lief er mit den Stimmen mit.

So kam er um eine Landzunge herum, und eine zweite kam in Sicht. Da fiel ihm ein, daß dort im Walde die Zauberbäume zu Dutzenden wuchsen. Und dort erhob sich ein unbeschreiblicher Lärm von schreienden Menschen, und dorthin liefen auch die, denen er sich angeschlossen hatte. Als sie etwas näher kamen, mischte sich in das Geschrei der Schlag vieler Äxte, und da kam er endlich auf den Gedanken, daß der Oberhäuptling seine Zustimmung gegeben hatte und die Männer des Stammes dabei waren, die Bäume zu fällen. Diese Kunde hatte auf der Insel von einem Zauberer zum anderen die Runde gemacht, und alle hatten sich versammelt, um ihre Bäume zu verteidigen. Ein seltsames Verlangen überkam ihn. Er lief mit den Stimmen weiter, überquerte den Strand und kam an den Waldrand. Überrascht blieb er stehen. Ein Baum war bereits gefällt, bei anderen hatte man mit der Arbeit begonnen. Da stand der ganze Stamm, Rücken gegen Rücken dicht aneinandergedrängt, zwischen ihren Füßen lagen schon blutige Leichen. Die Gesichter waren schreckensbleich, und wie schrilles Wieselgeschrei tönten ihre vernehmbaren Stimmen.

Habt ihr schon einmal ein Kind mit einem hölzernen Säbel gesehen, das allein springend und hauend mit der leeren Luft kämpft? So standen die Menschenfresser Rücken gegen Rücken, hoben ihre Äxte und schlugen drauflos, und dabei schrien sie, aber man sah keinen Gegner. Nur hier und da beobachtete Keola, wie sich eine Axt gegen sie erhob, ohne daß man Hände sah, und von Zeit zu Zeit fiel ein Mann zu Boden, in zwei Teile gespalten oder zerschmettert.

Eine Weile noch sah Keola dem ungeheuerlichen Schauspiel zu wie ein Träumender, dann ergriff ihn mit jäher Todesfurcht das Entsetzen, daß er so etwas mit ansehen mußte. In diesem Augenblick erspähte ihn der Oberhäuptling des Stammes. Er zeigte auf ihn und rief seinen Namen. Da sah ihn auch der ganze übrige Stamm. Ihre Augen blitzten, und sie knirschten mit den Zähnen.

Ich bin schon zu lange hier, dachte Keola und lief weiter, aus dem Walde hinaus und den Strand hinab, ohne darauf zu achten wohin.

«Keola!» sprach da eine Stimme dicht neben ihm auf dem leeren Sand.

«Lehua, du bist es!» rief er keuchend und blickte sich vergeblich nach ihr um, denn dem Augenschein nach war er völlig allein.

«Ich sah dich vorhin vorbeilaufen», antwortete die Stimme, «aber du wolltest mich nicht hören. Schnell, hole die Blätter und die Kräuter, ehe mein Vater zurückkommt.»

Keola lief um sein Leben und sammelte das Zauberbrennmaterial. Lehua führte ihn zurück, setzte seine Füße auf die Matte und zündete das Feuer an. Die ganze Zeit, während es brannte, hörte man den Schlachtenlärm aus dem Walde. Die Zauberer und die Menschenfresser bekämpften sich bis aufs Messer. Die unsichtbaren Zauberer brüllten wie Stiere im Gebirge, und die Männer des Stammes antworteten in ihrer Herzensangst mit schrillen, wilden Tönen. Solange das Feuer brannte, stand Keola horchend und zitternd da und beobachtete, wie Lehuas unsichtbare Hände die Blätter auflegten. Sie tat das schnell, und das Feuer brannte mit hoher Flamme und versengte Keolas Hände. Sie beeilte sich und fachte die Glut mit ihrem Atem an. Endlich war das letzte Blatt verbrannt, die Flamme erlosch – und dann kam der Schock. Urplötzlich standen Keola und Lehua wieder zu Hause in ihrem Zimmer.

So sah Keola endlich sein Weib wieder, war hocherfreut, wieder zu Hause in Molokai zu sein und sich zu einer Schüssel *Poi** niedersetzen zu können – denn an Bord wurde kein *Poi* gemacht und auch auf der «Insel der Stimmen» nicht –, und er war außer sich vor Freude darüber, daß er den Menschenfressern entkommen war. Aber etwas anderes war nicht so klar; Lehua sprach darüber mit Keola den ganzen Abend, und sie waren in großer Sorge. Kalamake war auf der Insel zurückgeblieben. Wenn das mit Gottes Hilfe geschehen war, war alles

* Aus der Tarowurzel zubereitete Speise der Polynesier (Anmerkung des Übersetzers).

gut. Wenn er aber entkam und nach Molokai zurückkehrte, würde es für seine Tochter und ihren Gatten einen bösen Tag geben. Sie sprachen von seiner Gabe, anzuschwellen, und ob er so weit durch das Meer waten könne. Inzwischen hatte Keola erfahren, wo die Insel lag, nämlich in dem Niederen oder Gefährlichen Archipel. In ihrem Atlas schauten sie sich auf der Karte die Entfernung an. Danach mußte es für einen so alten Mann doch eine sehr große Strecke sein. Aber einem Zauberer wie Kalamake konnte man viel zutrauen. Sie beschlossen daher, sich bei einem weißen Missionar Rat zu holen.

Dem ersten, der des Weges kam, erzählte Keola die ganze Geschichte. Der Missionar machte ihm schwere Vorwürfe, daß er sich auf der Insel da unten ein zweites Weib genommen hatte. Aus dem übrigen, so schwor er, könne er sich keinen Vers machen.

«Immerhin», meinte er, «wenn ihr glaubt, das Geld eures Vaters sei unrechtmäßig erworben, so rate ich euch, einen Teil davon den Leprakranken und einen Teil dem Missionsfonds zu geben. Den anderen seltsamen Unsinn behaltet ihr am besten für euch.»

Aber er machte doch eine Anzeige bei der Polizei in Honolulu. Nach allem, was er habe herausbringen können, hätten Kalamake und Keola Falschmünzerei getrieben, und es schade nichts, wenn man sie im Auge behielte.

Keola und Lehua folgten seinem Rat und gaben viele Dollars an die Leprakranken und den Missionsfonds. Zweifellos muß dieser Rat gut gewesen sein, denn bis auf den heutigen Tag hat man von Kalamake nichts mehr gehört. Ob er nun in der Schlacht bei den Bäumen ums Leben gekommen ist oder sich immer noch auf der «Insel der Stimmen» herumtreibt, wer kann das sagen?

Der Flaschenteufel

Auf der Insel Hawaii lebte ein Mann, den ich Keawe nennen will; denn in Wirklichkeit lebt er noch heute, und deshalb soll sein Name geheim bleiben. Sein Geburtsort lag nicht weit von Honaunau, wo die Gebeine Keawes des Großen in einer Höhle begraben liegen. Er war ein armer, rechtschaffener und fleißiger Mann. Er konnte lesen und schreiben wie ein Schulmeister, und außerdem war er ein erstklassiger Seemann. Er war eine Zeitlang auf den Inseldampfern gefahren und hatte an der Hamakuiküste ein Walfangboot gesteuert. Schließlich kam er auf den Gedanken, sich die große Welt und fremde Städte anzusehen. So bestieg er ein Schiff, das nach San Francisco fuhr.

Das ist eine herrliche Stadt mit einem guten Hafen und unzähligen reichen Leuten. Vor allem gibt es da einen Hügel, auf dem lauter Paläste stehen. Auf diesem Hügel machte Keawe eines Tages einen

Spaziergang. Er hatte die Taschen voller Geld und schaute sich höchst vergnügt die großen Häuser zu beiden Seiten an. Was für schöne Häuser, dachte er, und wie glücklich müssen die Leute sein, die hier wohnen und keine Sorgen für den nächsten Tag haben.

Mit diesen Gedanken beschäftigt, kam er zu einem Haus, das kleiner war als die anderen, aber vollendet schön wie ein Spielzeug. Die Stufen glänzten wie Silber, die Beete im Garten waren eine einzige Blumenpracht, und die Fenster blitzten wie Diamanten. Keawe blieb stehen und staunte über diese Herrlichkeit. Als er so dastand, gewahrte er einen Mann, der durch ein Fenster zu ihm herausschaute. So deutlich konnte er ihn sehen wie einen Fisch zwischen den Korallenriffen. Der Mann war ältlich; er hatte einen kahlen Kopf und einen schwarzen Bart. Sein Gesicht war sorgenvoll, und er seufzte tief. Während Keawe den Mann anblickte und dieser ihn beobachtete, beneidete einer den anderen.

Plötzlich lächelte der Mann und nickte. Er winkte ihm zu, doch einzutreten, und empfing ihn an der Haustür.

«Ich habe hier ein sehr schönes Haus», begann er und seufzte wieder. «Haben Sie Lust, sich die Räume einmal anzuschauen?»

So führte er Keawe überall hin, vom Keller bis zum Dach, und es gab da nichts, was in seiner Art nicht vollkommen gewesen wäre. Keawe konnte nur staunen.

«Ja, das ist wirklich ein schönes Haus», sagte er.

«Wenn ich in einem solchen Haus wohnte, würde ich den ganzen Tag nur lachen. Wie kommt es denn, daß Sie ständig seufzen?»

«Es besteht eigentlich kein Grund», erwiderte der Mann, «weshalb Sie nicht auch so ein Haus haben sollten, das diesem hier völlig gleicht oder noch schöner ist, wenn Sie es wünschen. Sie haben doch sicher etwas Geld, nehme ich an?»

«Ich habe fünfzig Dollar», antwortete Keawe, «aber ein Haus wie dieses kostet doch sicher mehr als fünfzig Dollar.»

Der Mann rechnete nach. «Es tut mir leid, daß Sie nicht mehr haben», sagte er, «denn es wird Ihnen später Ungelegenheiten verursachen. Aber für fünfzig Dollar können Sie das Ding haben.»

«Das Haus?» fragte Keawe.

«Nein, nicht das Haus, sondern die Flasche», entgegnete der Mann. «Denn ich muß Ihnen sagen, obgleich ich Ihnen so reich und glücklich vorkomme, stammen doch mein ganzes Vermögen, dieses Haus und der Garten aus einer Flasche, die nicht größer ist als eine Pinte. Das ist sie.»

Er öffnete ein fest verschlossenes Fach und nahm eine rundbauchige Flasche mit langem Hals heraus. Das Glas war milchweiß und leuchtete in allen Regenbogenfarben. Drinnen bewegte sich etwas Dunkles, schattenhaft, doch wie Feuer.

«Das ist die Flasche», sagte der Mann. Keawe lachte. «Glauben Sie mir nicht? Dann versuchen Sie selbst einmal, ob Sie sie zerbrechen können.»

Keawe nahm die Flasche in die Hand und schmetterte sie mehrmals auf die Erde, bis er müde war.

Aber sie prallte nur vom Boden ab und sprang hoch wie ein Kinderball und blieb unbeschädigt.

«Das ist ja seltsam», sagte er, «sie fühlt sich doch an und sieht auch aus, als ob sie aus Glas wäre.»

«Sie ist auch aus Glas», entgegnete der Mann und seufzte noch tiefer als zuvor. «Aber das Glas ist in den Flammen der Hölle gehärtet. Da sitzt ein Teufel drin. Das ist der Schatten, der sich bewegt; wenigstens nehme ich es an. Jedem, der die Flasche kauft, muß der Teufel gehorchen. Alles, was er sich wünscht – Liebe, Ruhm, Geld, Häuser wie das hier, ja sogar eine ganze Stadt wie die unsere –, ist sein, er braucht nur den Wunsch auszusprechen. Napoleon hat diese Flasche besessen und wurde durch sie zum Weltherrscher, aber zuletzt hat er sie verkauft – und ging unter. Kapitän Cook hatte sie und fand durch sie den Weg zu so vielen Inseln, aber auch er verkaufte sie – und wurde auf Hawaii erschlagen. Denn wenn man sie einmal verkauft hat, schwinden Macht und Beistand. Und wenn man dann nicht zufrieden ist mit dem, was man hat, ergeht es einem schlecht.»

«Und doch wollen Sie selbst die Flasche verkaufen?»

«Ich habe alles, was ich mir wünsche», entgegnete der Mann, «und werde langsam alt. Eines kann der Teufel nämlich nicht – das Leben kann er nicht verlängern; es wäre nicht recht von mir, Ihnen zu verheimlichen, daß ein Haken dabei ist. Denn wenn ein Mensch stirbt, ehe er sie verkauft hat, muß er für immer in der Hölle brennen.»

«Das ist allerdings zweifellos ein Haken», rief Kea-

we. «Mit dem Ding möchte ich nichts zu tun haben. Gott sei Dank kann ich ohne Haus auskommen, aber unter keinen Umständen kann ich mich damit abfinden, auf ewig verdammt zu sein.»
«Du lieber Himmel, Sie müssen nun auch nicht übers Ziel hinausschießen», entgegnete der Mann. «Sie können ja die Macht des Teufels mit Maßen ausnutzen und die Flasche dann einem anderen verkaufen, wie ich sie jetzt Ihnen verkaufe. Dann leben Sie zuletzt behaglich und sorglos.»
«Nun», bemerkte Keawe, «dabei fällt mir zweierlei auf. Einmal seufzen Sie die ganze Zeit wie eine verliebte Jungfer, und zweitens verkaufen Sie die Flasche sehr billig.»
«Ich habe Ihnen ja schon gesagt, warum ich seufze», erwiderte der Mann, «nämlich weil ich fürchte, daß es mit meiner Gesundheit schlecht bestellt ist, und wie Sie selbst sagen, möchte niemand gern sterben und zum Teufel gehen. Und warum ich sie so billig verkaufe, so muß ich Ihnen dazu sagen, daß die Flasche noch eine Eigentümlichkeit hat. Vor langer Zeit, als der Teufel sie auf die Erde brachte, war sie unermeßlich teuer. Zuerst wurde sie für viele Millionen Dollar an den Priester Johannes* verkauft. Sie darf aber nur mit Verlust verkauft werden. Wenn Sie denselben Preis dafür nehmen, den Sie bezahlt haben, kehrt sie wie eine Brieftaube zu Ihnen zurück. Daraus folgt, daß der Preis seit Jahrhunderten dauernd gefallen und die

---

* Beherrscher eines sagenhaften mittelalterlichen christlichen Reiches, das sich von Abessinien bis weit in das Innere Asiens erstreckte (Anmerkung des Übersetzers).

Flasche jetzt bemerkenswert billig ist. Ich habe sie von einem meiner großen Nachbarn hier gekauft, und der Preis, den ich dafür bezahlt habe, betrug nur neunzig Dollar. Ich könnte sie für neunundachtzig Dollar und neunundneunzig Cents verkaufen, aber nicht für einen Cent mehr, sonst würde das Ding wieder zu mir zurückkehren. Das hat wieder zwei Nachteile. Erstens, wenn Sie eine so einzigartige Flasche für einige achtzig Dollar verkaufen, so meinen die Leute, man hielte sie zum besten. Und zweitens – aber damit hat es keine Eile, ich brauche darauf jetzt nicht einzugehen. Nur eins müssen Sie bedenken: Die Flasche ist nur gegen gemünztes Geld verkäuflich.»
«Wer beweist mir nun, daß alles auch stimmt?» fragte Keawe.
«Sie können sofort eine kleine Probe machen», antwortete der Mann. «Geben Sie mir Ihre fünfzig Dollar, nehmen Sie die Flasche und wünschen Sie sich die fünfzig Dollar in Ihre Tasche zurück. Wenn das nicht klappt, so verpflichte ich mich bei meiner Ehre, den Handel zu widerrufen und Ihnen Ihr Geld zurückzuerstatten.»
«Sie wollen mich nicht betrügen?» fragte Keawe.
Da leistete der Mann einen feierlichen Eid.
«Gut, ich will es wagen», sagte Keawe. «Das kann ja nichts schaden.» Er zahlte dem Mann sein Geld, und der händigte ihm dafür die Flasche aus.
«Teufel in der Flasche», sagte Keawe, «ich will meine fünfzig Dollar zurückhaben», und siehe da, kaum hatte er die Worte ausgesprochen, da war seine Tasche wieder so schwer wie zuvor.

«Das ist tatsächlich eine wunderbare Flasche», sagte er.
«Und nun wünsche ich Ihnen einen guten Morgen, mein Lieber», entgegnete der Mann, «möge statt meiner nun Sie der Teufel holen!»
«Halt!» rief Keawe, «der Spaß hat ein Ende. Hier, nehmen Sie Ihre Flasche zurück.»
«Sie haben sie für weniger gekauft, als ich dafür bezahlt habe», erwiderte der Mann und rieb sich die Hände. «Jetzt gehört sie Ihnen. Was mich betrifft, so möchte ich Sie nur noch von hinten sehen.» Damit klingelte er seinem chinesischen Diener und ließ Keawe vor die Tür setzen.
Als Keawe nun, die Flasche unter dem Arm, auf der Straße stand, begann er nachzudenken. Wenn alles, was ich über die Flasche gehört habe, wahr ist, habe ich wohl ein schlechtes Geschäft gemacht. Aber vielleicht hat der Mann mich zum Narren gehalten. Zuerst zählte er sein Geld. Die Summe stimmte genau – neunundvierzig amerikanische Dollars und ein chilenischer. Das sieht nach Wahrheit aus, sagte er sich. Jetzt will ich noch eine Probe machen.
Die Straßen in diesem Teil der Stadt waren so sauber wie ein Schiffsdeck, und obgleich es um die Mittagszeit war, sah man weit und breit keine Menschenseele. Keawe stellte die Flasche in die Gosse und ging weiter. Zweimal schaute er sich um, aber immer stand das milchweiße rundbauchige Ding da, wo er es zurückgelassen hatte. Ein drittes Mal blickte er zurück und bog dann um eine Straßenecke. Aber kaum hatte er das getan, da

stieß etwas an seinen Ellenbogen, und siehe da! – es war der lange Flaschenhals, der runde Bauch steckte eingezwängt in der Tasche seiner Steuermannsjacke.

Auch das sieht ganz nach Wahrheit aus, sagte sich Keawe.

Als nächstes kaufte er in einem Laden einen Korkenzieher und ging weit hinaus auf die Felder, wo ihn niemand sehen konnte. Dort versuchte er den Korken herauszuziehen, aber sooft er den Korkenzieher hineinbohrte, sprang er wieder heraus, und der Korken blieb so unversehrt wie zuvor.

Das ist eine ganz neue Art Korken, dachte Keawe, und plötzlich fing er an zu zittern; er schwitzte, denn er bekam Angst vor der Flasche.

Auf seinem Rückweg zum Hafen sah er einen Laden, in dem ein Mann Muscheln und Keulen von den Inseln, alte heidnische Götzen, alte Münzen, Bilder aus Japan und China und allerlei Andenken verkaufte, wie sie die Matrosen in ihren Seekisten mitbringen. Da hatte er eine Idee. Er ging hinein und bot die Flasche für hundert Dollar zum Kauf an. Zuerst lachte der Mann ihn aus und bot ihm fünf. Allerdings, die Flasche war eine Seltenheit. Solches Glas konnte in keiner menschlichen Werkstatt geblasen worden sein, so hübsch leuchteten die Farben unter dem milchigen Weiß, und so seltsam huschte der Schatten im Inneren umher. Nachdem der Trödler eine Weile nach Händlerart gefeilscht hatte, gab er Keawe sechzig Dollar für das Ding und setzte es mitten in sein Schaufenster auf ein Regal.

Jetzt, sagte sich Keawe, habe ich für sechzig verkauft, was ich für fünfzig erworben habe – oder richtig gesagt, für etwas weniger, denn der eine von seinen Dollars stammte aus Chile. Jetzt werde ich bald sehen, ob noch ein wichtiger Punkt stimmt.
So ging er zurück an Bord seines Schiffes, und als er dort seine Kiste öffnete – lag die Flasche darin. Sie war schneller gelaufen als er.
Nun hatte Keawe an Bord einen Kameraden namens Lopaka.
«Was bedrückt dich?», fragte Lopaka ihn, «daß du so in deine Kiste starrst?»
Sie waren allein in der Back. Da verpflichtete Keawe ihn zum Stillschweigen und erzählte ihm alles.
«Das ist ja höchst merkwürdig», meinte Lopaka, «und ich fürchte, mit der Flasche wirst du Ärger haben. Aber eins ist klar – den Ärger hast du auf jeden Fall, und du solltest zusehen, daß du auch den Nutzen von dem Geschäft hast. Entschließe dich, was du dir damit wünschen willst, gib deinen Befehl, und wenn dein Wunsch erfüllt ist, will ich dir die Flasche abkaufen. Denn ich möchte selbst einen Schoner haben und zwischen den Inseln Handel treiben.»
«Das ist nichts für mich», entgegnete Keawe. «Ich hätte gern ein hübsches Haus mit einem Garten an der Küste von Kona, da, wo ich geboren bin, wo die Sonne zur Tür hereinscheint, und Blumen im Garten, ein Haus mit richtigen Glasfenstern, Bildern an den Wänden, überall hübsch eingerichtet und mit feinen Decken auf den Tischen – alles genau wie in

dem Haus, in dem ich heute war. Aber mein Haus soll noch ein Stockwerk höher sein, mit Balkonen rundherum wie am Palast des Königs. Dort möchte ich ohne Sorgen leben und es mir mit allen meinen Freunden, Verwandten und Bekannten gut gehen lassen.»

«Gut», sagte Lopaka, «wir wollen die Flasche nach Hawaii mitnehmen, und wenn es so wird, wie du annimmst, will ich sie kaufen, wie ich gesagt habe, und mir nur einen Schoner wünschen.»

Darüber waren sie sich also einig, und bald darauf kehrte das Schiff mit Keawe und Lopaka und mit der Flasche nach Honolulu zurück. Kaum waren sie an Land gegangen, als sie am Strande einem Freund begegneten, der urplötzlich Keawe sein Beileid versicherte.

«Ich weiß nicht», erwiderte Keawe, «weswegen mir jemand sein Beileid ausdrücken sollte?»

«Ist es möglich, daß du es noch nicht gehört hast?» fragte der Freund. «Dein Onkel, der gute alte Mann, ist gestorben, und dein Vetter, der hübsche Junge, ist auf See ertrunken.»

Das erfüllte Keawe mit Trauer. Er fing an zu weinen und zu wehklagen, und darüber vergaß er die Flasche. Aber Lopaka wurde nachdenklich, und bald nachdem Keawes Kummer etwas nachgelassen hatte, begann er: «Ich habe darüber nachgedacht – hatte dein Onkel nicht Ländereien auf Hawaii, im Bezirk von Kaü?»

«Nein», erwiderte Keawe, «nicht in Kaü, am Gebirge, etwas südlich von Hookena.»

«Das Land gehört doch jetzt dir?» fragte Lopaka.

«Das wird es wohl», entgegnete Keawe und erhob wieder seine Klagen um die Verwandten.
«Nein», sagte Lopaka, «klage jetzt nicht. Ich habe eine Idee. Wenn das nun ein Werk der Flasche wäre? Dann hättest du den Platz für dein Haus.»
«Wenn das der Fall sein sollte», rief Keawe, «dann hat man mich schlecht bedient, indem man meine Verwandten tötete. Aber es mag wirklich so sein, denn gerade an einer solchen Stelle habe ich im Geiste das Haus gesehen.»
«Aber das Haus ist noch gar nicht gebaut», sagte Lopaka.
«Nein, und es wird wohl auch kaum gebaut werden», antwortete Keawe, «denn wenn mein Onkel auch einige Kaffeebäume und *Ava*sträucher und Bananenstauden hatte, wird es doch kaum genug sein, um bequem davon leben zu können, und das übrige Land ist schwarze Lava.»
«Laß uns zum Notar gehen», entgegnete Lopaka, «ich werde meine Gedanken nicht los.»
Als sie aber zum Notar kamen, stellte sich heraus, daß Keawes Onkel in den letzten Tagen ungeheuer reich geworden und ein stattliches Kapital hinterlassen hatte.
«Das ist das Geld für das Haus», rief Lopaka.
«Wenn Sie an ein neues Haus denken», sagte der Anwalt, «so habe ich hier die Adresse eines neuen Architekten, von dem man sich große Dinge erzählt.»
«Immer besser», rief Lopaka, «hier ist alles für uns vorbereitet. Laß uns nur weiter den Anweisungen folgen.»

So gingen sie zu dem Architekten. Der hatte einige Pläne für neue Häuser auf seinem Tisch liegen.

«Sie wollen sicher etwas nicht Alltägliches», sagte der Architekt. «Wie gefällt Ihnen das?» Und er reichte Keawe eine Zeichnung.

Als Keawe einen Blick auf die Skizze warf, schrie er laut auf, denn da lag genau das Bild des Hauses, das er sich erträumt hatte, vor ihm.

Das Haus ist für mich bestimmt, sagte er sich. So wenig mir die Art gefällt, wie ich dazu komme, es ist für mich bestimmt. Und warum soll ich das mit dem Schlechten verbundene Gute nicht annehmen?

So teilte er dem Architekten alle seine Wünsche mit. Wie er das Haus eingerichtet haben wollte, mit den Bildern an den Wänden und den Nippsachen auf den Tischen. Dann fragte er den Mann offen, für wieviel er den Auftrag übernehmen würde.

Der Architekt stellte viele Fragen und nahm dann die Feder, um eine Kalkulation aufzustellen. Als er fertig war, nannte er genau die Summe, die Keawe geerbt hatte.

Lopaka und Keawe blickten einander an und nickten sich zu.

Es ist mir völlig klar, sagte sich Keawe, daß ich dieses Haus bekommen soll, ob ich will oder nicht. Es kommt vom Teufel, und ich fürchte, es wird mir wenig Gutes einbringen. Eines aber ist sicher: Solange ich die Flasche besitze, will ich mir nichts mehr wünschen. Das Haus habe ich auf dem Buckel, und so will ich also das Gute mit dem Schlechten annehmen.

So traf er seine Abmachungen mit dem Architekten, und sie unterzeichneten den Bauvertrag. Dann schifften Keawe und Lopaka sich wieder ein und segelten nach Australien. Sie hatten nämlich ausgemacht, daß sie sich nicht einmischen, sondern den Bau und die gesamte Einrichtung ganz dem Architekten und dem Flaschenteufel nach deren Geschmack überlassen wollten.

Die Fahrt verlief gut. Nur war Keawe die ganze Zeit über schweigsam, denn er hatte sich geschworen, keine Wünsche mehr zu äußern und keine Teufelsdienste mehr anzunehmen. Als sie nach Hause kamen, war es soweit. Der Architekt teilte ihnen mit, das Haus sei fertig, und so belegten Keawe und Lopaka Plätze auf der *Hall* und fuhren hinab nach Kona, um es sich anzuschauen und zu sehen, ob alles genau nach Keawes Vorstellungen ausgeführt worden war.

Da stand also das Haus am Berghang, von allen Schiffen aus zu sehen. Darüber ragte der Wald empor, bis hinauf zu den Regenwolken, und darunter fiel die schwarze Lava zu den Klippen ab, wo die Könige aus früheren Zeiten begraben liegen. Rings um das Haus blühte es in allen Farben. Auf der einen Seite lag ein Obstgarten mit *Papayas* und auf der anderen Seite einer mit Brotfruchtbäumen. Mitten vor der Front hatte man einen Mast errichtet, an dem eine Flagge wehte. Das Haus selbst war drei Stockwerke hoch mit großen Zimmern und breiten Balkonen davor. Die Fenster waren aus Glas, so schön und so klar wie Wasser und so hell wie der Tag. Alle möglichen Möbel schmückten die

Zimmer, an den Wänden hingen Bilder in goldenen Rahmen: Bilder von Schiffen und kämpfenden Männern, von schönen Frauen und von herrlichen Gegenden. Nirgendwo in der Welt gibt es Bilder in so leuchtenden Farben wie jene, die Keawe in seinem Hause fand. Die Nippsachen waren ganz erlesen: schlagende Uhren und Spieldosen, kleine Männchen mit nickenden Köpfen, Bücher voller Bilder, kostbare Waffen aus allen Ländern der Erde und die feinsten Geduldspiele, mit denen sich ein alleinstehender Mann in seinen Mußestunden unterhalten konnte. Und da niemand in solchen Räumen wohnen möchte, nur um darin umherzugehen und sie anzuschauen, so waren die Balkone so breit, daß sich die Bewohner einer Stadt dort zu ihrem Vergnügen hätten ergehen können.

Keawe wußte nicht, was er vorziehen sollte, die hintere Veranda, wo man den Landwind und den Ausblick auf die Obstgärten und die Blumen hatte, oder den vorderen Balkon, wo man die frische Brise von der See her atmete, den steilen Berghang hinabschaute und die *Hall* sah, die etwa einmal in der Woche zwischen Hookena und den Bergen von Pale verkehrte, oder die Schoner, die mit Holz, *Ava* oder Bananen vor der Küste kreuzten.

Nachdem sie alles besichtigt hatten, setzten Keawe und Lopaka sich auf die Veranda.

«Nun», fragte Lopaka, «ist alles so, wie du es haben wolltest?»

«Mir fehlen die Worte dafür», sagte Keawe. «Es ist viel schöner, als ich es mir erträumt habe. Ich bin ja krank vor Glück.»

«Nur noch eins ist zu überlegen», fuhr Lopaka fort. «Das alles kann ganz natürlich zugegangen sein, und der Flaschenteufel hat vielleicht gar nichts damit zu tun gehabt. Wenn ich jetzt die Flasche kaufe und dann doch keinen Schoner bekomme, dann habe ich meine Hand für nichts ins Feuer gesteckt. Ich habe dir mein Wort gegeben, das weiß ich, aber trotzdem meine ich, du könntest mir eine weitere Probe nicht abschlagen.»
«Ich habe geschworen, keine weiteren Dienste anzunehmen», sagte Keawe. «Ich bin schon weit genug gegangen.»
«Es ist kein Wunsch, woran ich denke», meinte Lopaka. «Ich möchte nur den Flaschenteufel selbst einmal sehen. Dabei ist nichts zu gewinnen, und deshalb braucht man sich darüber auch nicht zu schämen. Aber ich wäre der ganzen Sache sehr viel sicherer, wenn ich ihn einmal zu sehen bekäme. Tu mir also den Gefallen und laß mich den Teufel sehen, und dann – hier habe ich das Geld in der Hand – will ich ihn kaufen.»
«Dabei habe ich nur vor einem Angst», entgegnete Keawe. «Der Teufel kann sehr häßlich sein, und wenn du ihn einmal gesehen hast, willst du vielleicht die Flasche gar nicht mehr haben.»
«Ich bin ein Mann, der zu seinem Wort steht», sagte Lopaka, «hier liegt das Geld zwischen uns.»
«Also schön!» antwortete Keawe. «Ich bin selbst neugierig. So kommen Sie also heraus, Mr. Teufel, und lassen Sie sich einmal anschauen.»
Kaum hatte er das gesagt, fuhr der Teufel aus der Flasche heraus und wieder hinein, so flink wie eine

Eidechse. Keawe und Lopaka saßen wie versteinert. Es war längst Nacht, ehe einer der beiden einen Gedanken fand und die Stimme, ihn auszusprechen; dann schob Lopaka das Geld hin und nahm die Flasche.

«Ich bin ein Mann, der sein Wort hält», sagte er. «Sonst würde ich die Flasche nicht einmal mit dem Fuß berühren. Nun, ich werde mir meinen Schoner und ein paar Dollar Taschengeld beschaffen, dann aber will ich diesen Teufel loswerden, so schnell ich kann. Denn, um die volle Wahrheit zu sagen, sein Anblick hat mich niedergeschmettert.»

«Lopaka», antwortete Keawe, «denke nicht allzu schlecht von mir. Ich weiß, es ist Nacht, die Wege sind schlecht, und man muß zu so später Stunde an den Gräbern und unheimlichen Plätzen vorbei, aber ich sage dir, seit ich diese kleine Fratze gesehen habe, kann ich weder essen noch schlafen noch beten, ehe sie aus meiner Nähe ist. Ich will dir eine Laterne geben und einen Korb für die Flasche und irgendein Bild oder etwas Hübsches aus meinem Hause, das dir gefällt. Dann aber verschwinde sofort, geh nach Hookena und schlafe bei Nahinu.»

«Keawe», sagte Lopaka, «manch einer würde das sehr übelnehmen, vor allem nachdem ich dir gegenüber als Freund mein Wort gehalten und die Flasche gekauft habe. Deshalb müssen die Nacht und die Finsternis und der Weg an den Gräbern vorbei für einen Menschen mit einer solchen Sünde auf dem Gewissen und einer solchen Flasche unter dem Arm besonders gefährlich sein. Aber ich selbst bin so furchtbar erschrocken, daß ich nicht das Herz habe, dich zu tadeln. So gehe ich also und bete zu Gott, daß du mit deinem Hause und ich mit meinem Schoner Glück und Erfolg haben mögen und daß wir beide zuletzt in den Himmel kommen, trotz dem Teufel und seiner Flasche.»

So ritt Lopaka den Berg hinab. Keawe stand auf dem vorderen Balkon, horchte auf das Klappern der Pferdehufe und folgte dem Schein der Laterne den Weg hinab und an den Höhlenklippen vorbei, wo die Toten begraben liegen. Zitternd faltete er die Hände, um für seinen Freund zu beten, und dankte Gott, daß er selbst dieser Sorge entgangen war.

Der nächste Tag zog strahlend hell herauf. Sein neues Haus war so hübsch anzuschauen, daß er seine Ängste vergaß. Ein Tag folgte dem anderen, und Keawe lebte dort in ungetrübter Freude. Seinen Lieblingsplatz hatte er auf der hinteren Veranda. Dort wohnte und aß er, und dort las er die Geschichten in den Zeitungen von Honolulu. Wenn jemand vorbeikam, mußte er eintreten und sich die Räume und die Bilder ansehen. So verbreitete sich allenthalben der Ruf seines Hauses. In ganz Kona hieß es *Ka-Hale-Nui*, das *Große Haus*, manchmal auch das *Helle Haus*, denn Keawe hielt sich einen Chinesen, der den ganzen Tag fegte und polierte; und das Glas, die Vergoldungen und die feinen Stoffe und die Bilder glänzten so hell wie der Morgen. Keawe selbst aber konnte nicht durch die Zimmer gehen, ohne zu singen, so weit wurde ihm das Herz. Und wenn auf dem Meer Schiffe vorübersegelten, hißte er am Mast seine Flagge.

So verstrich die Zeit, bis Keawe eines Tages nach

Kailua ging, um einen seiner Freunde zu besuchen. Dort wurde er mit Freuden aufgenommen. Am nächsten Morgen verabschiedete er sich so früh er konnte, und ritt in scharfem Tempo seines Weges, denn er konnte es nicht erwarten, sein schönes Haus wiederzusehen. Außerdem sagte man, daß in der folgenden Nacht die Toten auf den Hängen von Kona umherwandeln würden, und da er sich bereits mit dem Teufel eingelassen hatte, lag ihm nur wenig daran, den Toten zu begegnen. Kurz hinter Honaunau gewahrte er vor sich ein Weib, das am Strande badete. Es schien ein gutgewachsenes Mädchen zu sein, aber er machte sich weiter keine Gedanken darüber. Als sie sich anzog, sah er ihr weißes Hemd flattern und ihren roten *Holoku**. Als er in ihre Nähe kam, war sie mit ihrer Toilette fertig und kam vom Meer herauf. Erfrischt vom Bade und mit freundlich leuchtenden Augen stand sie mit ihrem roten *Holoku* am Wegesrand. Kaum hatte Keawe sie gesehen, zügelte er sein Pferd.

«Ich glaubte, jeden hier im Lande zu kennen», sagte er. «Wie kommt es, daß du mir unbekannt bist?»

«Ich bin Kokua, Kianos Tochter», sagte das Mädchen, «und bin gerade von Oahu zurückgekehrt. Wer bist du?»

«Später werde ich dir sagen, wer ich bin, nicht jetzt», antwortete Keawe und stieg vom Pferd. «Es könnte nämlich sein, daß du schon von mir gehört

---

* Weites kittelartiges Kleidungsstück mit Ärmeln, das durch die christlichen Missionare in Hawaii eingeführt wurde (Anmerkung des Übersetzers).

hast, und wenn du weißt, wer ich bin, antwortest du mir vielleicht nicht aufrichtig. Aber sag mir vor allen Dingen eines: Bist du verheiratet?»
Darauf lachte Kokua laut. «Du stellst aber Fragen!» sagte sie. «Bist du denn verheiratet?»
«Nein, Kokua, ich bin ledig», erwiderte Keawe, «und bis zu dieser Stunde habe ich an keine Heirat gedacht. Aber ich will die Wahrheit sagen: Hier am Straßenrande bin ich dir begegnet und habe deine Augen gesehen, die wie Sterne leuchten, und mein Herz flog dir zu, so schnell wie ein Vogel. Wenn du jetzt nichts von mir wissen willst, so sage es, und ich will nach Hause weiterreiten. Wenn du mich aber nicht für schlechter ansiehst als sonst einen jungen Mann, so sage mir es auch. Dann will ich meine Reise unterbrechen und für die Nacht in deines Vaters Haus einkehren und morgen mit dem guten Manne reden.»
Kokua sagte kein Wort. Sie blickte nur auf die See hinaus und lachte.
«Kokua», entgegnete er, «wenn du gar nichts sagst, so will ich das für eine gute Antwort nehmen. Laß uns also zu deinem Vater gehen.»
Sie ging voran, nach wie vor schweigsam. Nur manchmal blickte sie zurück, schaute aber gleich wieder weg und hielt ihre Hutbänder zwischen den Lippen.
Als sie zur Haustür kamen, trat Kiano auf die Veranda heraus. Er stieß einen Schrei aus, rief Keawes Namen und hieß ihn willkommen. Da sah das Mädchen ihn an, denn der Ruf des Großen Hauses war auch ihr zu Ohren gekommen, und das

war zweifellos eine große Versuchung für sie. Den ganzen Abend waren sie alle sehr vergnügt. Das Mädchen war unter den Augen der Eltern recht ausgelassen und machte sich lustig über Keawe, denn es war witzig und schlagfertig. Am nächsten Morgen hatte Keawe eine Unterredung mit Kiano, dann suchte er das Mädchen allein auf.

«Kokua», sagte er, «du hast dich gestern den ganzen Abend über mich lustig gemacht; du hast noch Zeit, mich wegzuschicken. Ich wollte dir nicht sagen, wer ich bin, weil ich ein so schönes Haus habe und weil ich fürchtete, du würdest zuviel an das Haus und zu wenig an den Mann denken, der dich liebt. Nun weißt du alles, und wenn du mich los sein willst, so sage es sofort.»

«Nein», sagte Kokua, aber diesmal lachte sie nicht, und Keawe fragte nicht weiter.

Das war Keawes Werbung. Es war sehr schnell gegangen, aber auch ein Pfeil fliegt schnell und eine Gewehrkugel noch schneller, und beide können das Ziel treffen. Es war schnell und auch recht tief gegangen, und der Gedanke an Keawe tönte wider im Herzen des Mädchens. Sie hörte seine Stimme im Anprall der Brandung auf dem Lavastrand, und sie hätte für diesen jungen Mann, den sie nur zweimal gesehen hatte, Vater und Mutter und ihre Heimatinsel verlassen. Und Keawe? Sein Pferd flog den Bergpfad unter der Gräberklippe hinauf, und der Hufschlag des Pferdes und sein Freudengesang hallten in den Höhlen der Toten wider. Beim Eintritt in das *Helle Haus* sang er immer noch. Er nahm auf dem großen Balkon seine Mahlzeit ein, und der Chinese wunderte sich über seinen Herrn, der selbst zwischen den einzelnen Bissen sang. Die Sonne versank im Meer, es wurde Nacht, und noch beim Schein der Lampe ging Keawe auf dem Balkon auf und ab, und staunend lauschten die Leute auf den Schiffen dem Gesang hoch oben von den Bergen.

Hier stehe ich nun auf der Höhe meines Lebens, sagte er sich. Schöner kann es nicht mehr werden. Das ist der Gipfel, nun kann es höchstens noch abwärtsgehen. Zum erstenmal will ich jetzt meine Zimmer beleuchten, in meinem schönen Bad mit dem heißen und kalten Wasser baden und oben in meinem Hochzeitsgemach schlafen.

Der Chinese wurde geweckt und mußte die Öfen heizen, und während der sich zu den Kesseln begab, hörte er über sich das freudevolle Singen seines Herrn in den erleuchteten Zimmern. Als das Wasser heiß wurde, sagte der Chinese Bescheid. Keawe ging in das Bad. Während er die Marmorwanne vollaufen ließ, hörte der Chinese ihn singen. Aber als Keawe sich entkleidete, hörte der Gesang mehr und mehr auf, und plötzlich brach er ab. Der Chinese lauschte und lauschte und rief nach oben, ob alles in Ordnung wäre, und Keawe antwortete: «Ja!» und befahl ihm, zu Bett zu gehen. Aber es ertönte kein Gesang mehr in dem *Hellen Hause*, und die ganze Nacht hindurch hörte der Chinese nur noch die ruhelosen Schritte seines Herrn auf den Balkonen.

In Wirklichkeit war das so: Als Keawe sich zum Bad entkleidete, entdeckte er auf seiner Haut einen

Fleck, der aussah wie eine Felsenflechte, und im selben Augenblick hörte er auf zu singen. Denn er wußte, was das zu bedeuten hatte: nämlich daß er von der Chinesischen Krankheit* befallen war.

Nun ist das eine üble Sache für den, der mit dieser Krankheit zu tun hat. Und es wäre für jedermann furchtbar, ein so hübsches und behagliches Haus verlassen und von all seinen Freunden fortziehen zu müssen, weit fort an die Nordküste von Molokai, um als Aussätziger zwischen den mächtigen Klippen und den Brechern des Meeres zu leben. Aber was war alles das verglichen mit Keawes Lage, der erst gestern seine Liebste gefunden, sie erst heute morgen gewonnen hatte und der jetzt seine Hoffnungen wie ein Stück Glas zerbrechen sah?

Eine Weile saß er auf dem Rande der Badewanne. Dann sprang er mit einem Schrei auf und lief nach draußen. Und dort ging er auf dem Balkon ruhelos auf und ab, auf und ab wie ein Verzweifelnder.

Gern würde ich Hawaii, die Heimat meiner Väter, verlassen, sprach Keawe zu sich. Bereitwillig würde ich aus meinem Hause, dem hochgelegenen, vielfenstrigen hier auf dem Berge, fortziehen und in Kalaupa im klippenreichen Molokai bei den Geschlagenen leben, fern vom Lande meiner Väter. Aber was habe ich Böses getan, welche Sünde lastet auf meiner Seele, daß ich Kokua begegnen mußte, als sie im Abendlicht dastand, frisch vom Bad im Meer, Kokua, der Verzaubernden, Kokua, dem Licht meines Lebens? Nie darf ich sie heiraten,

---

* Lepra (Anmerkung Stevensons).

nie mehr darf ich sie anschauen, nie mehr mit liebenden Händen berühren. Und nur deswegen, deinetwegen, meine Kokua, verströme ich meine Klagen.
Nun beachte man, welch ein Mann Keawe war, denn er hätte noch jahrelang in dem *Hellen Haus* wohnen können, und niemand hätte etwas von seiner Krankheit bemerkt. Doch das alles galt ihm nichts mehr, wenn er Kokua verlieren mußte. Ja, er hätte jetzt noch Kokua heiraten können; so viele hätten das getan, weil sie erbärmliche Seelen haben. Aber er liebte dieses Mädchen recht wie ein Mann und wollte ihr weder Leid zufügen noch sie in Gefahr bringen.
Da fiel ihm kurz nach Mitternacht die Flasche ein. Er ging zur hinteren Veranda und rief sich den Tag ins Gedächtnis zurück, als der Teufel herausgefahren war. Bei dem Gedanken daran lief es ihm wie Eis durch die Adern.
Etwas Furchtbares ist die Flasche, sagte sich Keawe, und furchtbar ist der Teufel, und es ist furchtbar, die Flammen der Hölle in Kauf zu nehmen. Aber an welche andere Hoffnung kann ich mich klammern, um meine Krankheit zu heilen und Kokua zu heiraten? Wie? Einmal habe ich dem Teufel getrotzt, um das Haus zu bekommen. Sollte ich ihm jetzt nicht die Stirn bieten, um Kokua zu gewinnen?
Da fiel ihm ein, daß am nächsten Tage die *Hall* auf ihrer Rückfahrt nach Honolulu hier vorbeikommen würde. Da muß ich zuerst hin, überlegte er, und Lopaka besuchen. Denn meine einzige Hoffnung

ist, die Flasche wiederzufinden, die ich einst mit Freuden fortgegeben habe.

Nicht einen Augenblick konnte er schlafen, das Essen blieb ihm im Halse stecken, doch er sandte noch einen Brief an Kiano, und als das Dampfboot kam, ritt er los, an den Gräberklippen vorbei. Es regnete. Sein Pferd kam nur mühsam voran. Er blickte zu den schwarzen Schluchten hinauf und beneidete die Toten, die keine Sorgen mehr hatten. Dann dachte er daran, wie fröhlich er gestern hier vorübergaloppiert war. So kam er nach Hookena hinunter. Dort standen wie gewöhnlich die Leute aus der ganzen Gegend und warteten auf den Dampfer. Sie saßen unter dem Dach des Lagerhauses und scherzten und tauschten Neuigkeiten aus. Aber Keawe hatte keine Lust, sich zu unterhalten. Schweigend saß er unter ihnen und blickte hinaus in den Regen, der auf die Häuser fiel, auf die Brandung, die gegen die Felsen schlug, und Seufzer stiegen ihm in die Kehle.

«Keawe vom *Hellen Haus* ist schlechter Laune», sagte einer zum anderen. So war es in der Tat, und das war kaum verwunderlich.

Dann kam die *Hall*. Das Walboot brachte ihn an Bord. Das Achterdeck des Schiffes war voller *Haolen**, die wie üblich den Vulkan besucht hatten. Das Mittelschiff war gedrängt voll von *Kanaken*, und das Vorderdeck war beladen mit Stieren aus Hilo und Pferden aus Kaü. Keawe aber saß in seinem Kummer abseits von allen und hielt Ausschau nach

---

* Weiße (Anmerkung des Verfassers).

Kianos Haus. Da lag es niedrig an der Küste zwischen den schwarzen Felsen, beschattet von Kokospalmen. Und dort neben der Tür sah man einen roten *Holoku*, nicht größer als eine Fliege, und flink wie sie huschte er hin und her. «Ach, du Königin meines Herzens», stöhnte er auf, «mein Seelenheil will ich wagen, um dich zu gewinnen!» Kurz danach wurde es dunkel, und in den Kajüten wurde Licht gemacht. Die *Haolen* saßen beim Kartenspiel und tranken Whisky, wie das bei ihnen üblich ist. Aber Keawe ging die ganze Nacht hindurch auf Deck auf und ab; und auch den ganzen nächsten Tag über, als sie unter Lee an Maui und Molokai vorüberdampften, lief er noch immer auf und ab wie ein wildes Tier in einer Menagerie.

Gegen Abend passierten sie Diamond Head und legten an der Landungsbrücke von Honolulu an. Keawe stieg mit der Menge aus und fragte nach Lopaka. Der sollte inzwischen Eigentümer eines Schoners geworden sein – keinen besseren gäbe es auf den Inseln – und sich auf einer Fahrt in der Gegend von Pola-Pola oder Kahiki befinden. Von Lopaka war also keine Hilfe zu erwarten. Da erinnerte sich Keawe eines seiner Freunde, der hier Rechtsanwalt war – seinen Namen darf ich nicht nennen –, und erkundigte sich nach ihm. Man sagte ihm, er sei plötzlich reich geworden und habe ein schönes neues Haus am Strande von Waikiki. Das gab Keawe zu denken. Er mietete sich ein Pferd und ritt zu der Wohnung des Anwalts hinaus.

Das Haus war nagelneu, und die Bäume im Garten waren nicht größer als Spazierstöcke. Der Anwalt

selbst aber sah ganz wie ein höchst zufriedener Mann aus.
«Womit kann ich Ihnen dienen?» fragte er.
«Sie sind ein Freund Lopakas», erwiderte Keawe. «Lopaka hat von mir einen geringen Gegenstand erworben, dem ich auf die Spur kommen möchte. Sie können mir dabei sicher behilflich sein.»
Das Gesicht des Anwalts verfinsterte sich. «Ich will nicht sagen, daß ich Sie nicht verstehe, Mr. Keawe», antwortete er, «doch das ist eine sehr schwierige Angelegenheit, an die man nicht rühren sollte. Seien Sie versichert, daß ich nichts weiß, aber ich habe eine Ahnung, an wen Sie sich wenden müßten, um die gewünschte Auskunft zu erhalten.»
Und er nannte ihm den Namen eines Mannes, den ich nicht wiederholen möchte. So ging es tagelang. Keawe lief von einem zum anderen. Dabei fand er überall neue Kleider und Wagen und schöne neue Häuser und zufriedene Leute. Doch sofort verfinsterten sich ihre Mienen, sobald er eine Andeutung über das Geschäft machte.
Zweifellos bin ich auf der richtigen Spur, sagte er sich. Alle diese neuen Kleider und Wagen sind Geschenke des kleinen Teufels, und diese frohen Gesichter gehören Leuten, die ihren Gewinn gehabt haben und das verfluchte Ding gut wieder losgeworden sind. Wenn ich bleiche Wangen sehe und die Menschen seufzen höre, weiß ich, daß ich der Flasche nahe bin.
So kam es, daß er schließlich an einen *Haolen* in der Beritaniastraße gewiesen wurde. Als er zur Abendbrotzeit an die Haustür kam, fand er dort die

üblichen Anzeichen: ein neues Haus und einen frisch angelegten Garten, und das elektrische Licht strahlte aus den Fenstern. Als aber der Eigentümer kam, überlief ihn Hoffnung und Furcht zugleich, denn der junge Mann war weiß wie ein Leichnam und hatte schwarzumränderte Augen. Das Haar hing ihm wirr um den Kopf, und sein Gesicht hatte einen Ausdruck, wie man ihn bei jemandem beobachten kann, auf den der Galgen wartet.

Hier muß es sein, dachte Keawe, und deshalb sprach er auch ganz offen: «Ich komme, um die Flasche zu kaufen.»

Bei diesen Worten taumelte der junge *Haole* aus der Beritaniastraße gegen die Wand.

«Die Flasche?» keuchte er, «die Flasche wollen Sie kaufen?» Wie in einem Erstickungsanfall ergriff er Keawe am Arm, führte ihn in sein Zimmer und füllte zwei Gläser mit Wein.

«Auf Ihr Wohl», sagte Keawe, der zu seiner Zeit viel mit *Haolen* zusammen gewesen war. «Ja», fuhr er fort, «ich bin gekommen, um die Flasche zu kaufen. Wie hoch ist jetzt der Preis?»

Bei diesen Worten ließ der junge Mann sein Glas fallen und blickte Keawe wie einen Geist an.

«Der Preis?» wiederholte er. «Der Preis? Sie kennen den Preis nicht?»

«Danach frage ich Sie ja», erwiderte Keawe. «Aber warum sind Sie so bestürzt? Stimmt mit dem Preis etwas nicht?»

«Seit Ihrer Zeit ist sie sehr im Preis gesunken, Mr. Keawe», stammelte der junge Mann.

«Sehr schön, um so weniger werde ich dafür zu

bezahlen brauchen», antwortete Keawe. «Wieviel haben Sie denn dafür gegeben?»
Der junge Mann war weiß wie ein Bettlaken. «Zwei *Cents*», sagte er.
«Was?» rief Keawe, «zwei *Cents?* Ja, dann können Sie doch nur einen *Cent* dafür nehmen. Und der sie weiterverkauft —» Das Wort erstarb ihm auf der Zunge. Denn wer sie jetzt kaufte, konnte sie nicht weiterverkaufen; die Flasche und der Flaschenteufel mußten bis zu seinem Tode bei ihm bleiben und ihn, wenn er gestorben war, in die rote Höllenglut bringen.
Der junge Mann aus der Beritaniastraße fiel auf die Knie. «Um Himmels willen kaufen Sie die Flasche!» rief er. «Mein ganzes Vermögen können Sie dazu haben. Ich war verrückt, als ich sie zu diesem Preis kaufte, aber ich hatte Geschäftsgelder veruntreut, und ich wäre sonst verloren gewesen und hätte ins Gefängnis gemußt.»
«Armer Kerl», entgegnete Keawe, «für eine so verzweifelte Sache wollten Sie Ihre Seele aufs Spiel setzen und der gerechten Strafe für Ihr Verbrechen entgehen! Und Sie glauben, ich könnte zögern, da ich aus Liebe handele? Geben Sie mir die Flasche und das Wechselgeld, das Sie sicher bereitliegen haben. Hier ist ein Fünf*cent*stück.»
Es war, wie Keawe angenommen hatte. Der junge Mann hatte das Wechselgeld in einer Schublade bereit. Die Flasche wechselte den Besitzer, und kaum schlossen sich Keawes Finger um ihren Hals, als er auch schon seinen Wunsch hauchte, wieder ein gesunder Mensch zu sein. Und wirklich, als er in

seinem Zimmer angekommen war und sich vor dem Spiegel auszog, war sein Fleisch makellos wie das eines Kindes. Und nun geschah das Seltsame. Kaum hatte er das Wunder gesehen, da war sein Sinn wie verwandelt. Er dachte nicht mehr an die Chinesische Krankheit und noch weniger an Kokua. Er hatte nur den einen Gedanken, daß er für Zeit und Ewigkeit an den Flaschenteufel gefesselt war und nichts anderes mehr zu erwarten hatte, als für alle Zeiten eine Schlacke in den Flammen der Hölle zu sein. In seinen Gedanken glühte sie schon, seine Seele krampfte sich zusammen, und es wurde dunkel um ihn her.

Als Keawe wieder etwas zu sich kam, bemerkte er, daß es Abend war, eine Zeit, zu der im Hotel die Kapelle zu spielen pflegte. Er ging hinunter, denn er fürchtete sich, allein zu sein. Während die Melodien auf und ab wogten und Berger den Takt schlug, ging er unter den fröhlichen Menschen hin und her, und die ganze Zeit hörte er die Flammen prasseln und sah im Höllenpfuhl das rote Feuer brennen. Plötzlich spielte die Kapelle *Hiki-ao-ao*. Das war ein Lied, das er mit Kokua gesungen hatte, und bei dieser Weise kehrte sein Mut zurück.

Es ist nun einmal geschehen, dachte er, und wieder einmal will ich das Gute mit dem Schlechten in Kauf nehmen.

So kam es, daß er mit dem ersten Dampfboot nach Hawaii zurückkehrte, und sobald es möglich war, heiratete er Kokua und brachte sie in das *Helle Haus* auf dem Berge.

Nun stand es mit den beiden so: Waren sie zusammen, so war Keawes Herz beruhigt. Aber sobald er allein war, fiel er in ein brütendes Entsetzen, er hörte die Flammen prasseln und sah im Höllenpfuhl das rote Feuer brennen. Das Mädchen aber hatte sich ihm ganz ergeben. Ihr Herz sprang ihr im Busen, wenn sie ihn sah, ihre Hand klammerte sich an die seine, und sie war von Kopf bis Fuß so hübsch, daß niemand sie ohne Entzücken anschauen konnte. Sie war von Natur heiter, hatte stets gute Worte bereit und sang den ganzen Tag. Zwitschernd wie ein Vogel ging sie durch das *Helle Haus*, heller noch als alles in den drei Stockwerken. Und Keawe sah und hörte sie mit Freude; dann aber stahl er sich beiseite und weinte und stöhnte, wenn er an den Preis dachte, den er für sie bezahlt hatte. Dann wieder mußte er sich die Augen trocknen und das Gesicht waschen und zu ihr gehen, sich zu ihr auf einen der breiten Balkone setzen, in ihre Lieder einstimmen und mit krankem Herzen ihr Lächeln erwidern.

So kam der Tag, da wurden ihre Füße schwer und ihre Lieder seltener. Und jetzt war es nicht Keawe allein, der abseits saß und weinte. Einer mied den anderen und saß allein auf dem jeweils entgegengesetzten Balkon, und das ganze breite *Helle Haus* lag zwischen ihnen. Keawe war derart in seine Verzweiflung versunken, daß er die Veränderung kaum bemerkte und nur froh war, daß er mehr Zeit hatte, um allein seinem Schicksal nachsinnen zu können, und daß er nicht mehr so oft dazu verurteilt war, mit wehem Herzen den Lustigen zu spielen. Eines Tages aber hörte er, als er leise durchs Haus ging, ein Weinen wie von einem schluchzenden Kinde; und da fand er Kokua auf dem Boden der Veranda mit verweintem Gesicht, als ob sie rettungslos verloren wäre.

«Ja, weine nur in diesem Hause, Kokua», sagte er, «und doch würde ich meinen Kopf hergeben, wenn wenigstens du glücklich wärest.»

«Glücklich!» rief sie. «Keawe, als du allein in deinem *Hellen Hause* wohntest, warst du auf der ganzen Insel der Inbegriff eines glücklichen Menschen. Du lachtest und sangst, und dein Gesicht strahlte hell wie die Morgensonne. Dann hast du die arme Kokua geheiratet, und der liebe Gott weiß allein, was an ihr auszusetzen ist – aber seit jenem Tage hast du nicht mehr gelacht. Ach», rief sie, «was fehlt mir denn? Ich glaubte, ich sei hübsch, und ich liebte dich. Was fehlt mir denn, daß ich diese Schatten über das Leben meines Gatten gebracht habe?»

«Arme Kokua», sagte Keawe. Er setzte sich neben sie und wollte ihre Hand nehmen, aber sie entzog sie ihm. «Arme Kokua», sagte er wieder. «Mein armes Kind, meine Liebste! All die Zeit hatte ich gehofft, dich damit verschonen zu können. Nun sollst du alles wissen. Dann wirst du wenigstens Mitleid mit dem armen Keawe haben, dann wirst du verstehen, wie sehr er dich früher liebte – daß er sich der Hölle verschrieb, nur um dich zu besitzen – und wie sehr er dich noch liebt – dieser arme Verdammte –, daß er sogar jetzt noch ein Lächeln zustande bringt, wenn er dich anschaut.»

Und er erzählte ihr alles von Anfang an.

«Das hast du für mich getan?» rief sie. «Oh, was klage ich dann noch!» Und sie umschlang ihn mit ihren Armen und weinte über ihn.

«Ach, Kind», sagte Keawe, «und doch zittre und bebe ich, wenn ich an das höllische Feuer denke.»

«Kein Wort mehr davon!» entgegnete sie. «Ein Mann kann nicht verdammt sein, nur weil er Kokua liebt und sonst keine Schuld auf sich geladen hat. Ich sage dir, Keawe, mit diesen meinen Händen werde ich dich retten oder mit dir zugrunde gehen. Was, du hast mich geliebt und deine Seele für mich hingegeben, und du glaubst, ich könnte nicht sterben, um dich zu erretten?»

«Ach Liebste», rief er, «auch wenn du hundertmal sterben wolltest, was würde das ändern, außer daß ich ganz allein wäre, bis die Stunde meiner Verdammnis naht?»

«Du weißt manches nicht», rief sie. «Ich bin in Honolulu zur Schule gegangen, ich bin kein gewöhnliches Mädchen. Und ich sage dir, ich werde meinen Liebsten retten. Was redest du da von einem *Cent?* Amerika ist doch nicht die Welt! In England gibt es ein Geldstück, das nennen sie einen *Farthing.* Das ist ungefähr ein halber *Cent.* Aber o weh, das ist genauso schlimm, denn dann ist der nächste Käufer verloren, und wir finden bestimmt niemanden, der sich so aufopfern will wie mein Keawe. Aber halt, da ist ja noch Frankreich. Dort haben die Leute eine kleine Münze, die sie einen *Centime* nennen, davon gehen etwa fünf auf einen *Cent.* Besseres gibt es für uns nicht. Komm, Keawe, laß uns nach den französischen Inseln reisen, laß uns nach Tahiti fahren, so schnell ein Schiff nur fährt. Da haben wir vier *Centimes*, drei *Centimes*, zwei *Centimes*, einen *Centime*. Vier Möglichkeiten für den Verkauf der Flasche! Und wir sind zu zweit, den Handel zu betreiben. Komm, mein Keawe, küsse mich und laß deine Sorgen. Kokua wird dich schützen!»

«Du Geschenk des Himmels! Ich kann mir nicht denken, daß Gott mich deshalb bestrafen will, weil ich etwas so Gutes begehrte wie dich! Wie du willst, so wollen wir es machen. Führe mich, wohin es dir gefällt. Mein Leben und meine Rettung lege ich in deine Hände.»

Früh am nächsten Morgen begann Kokua mit den Vorbereitungen. Sie nahm Keawes Seemannskiste, die er auf seinen Reisen bei sich gehabt hatte, und legte zuerst die Flasche unten hinein. Dann packte sie ihre kostbaren Kleider und die schönsten Schmuckgegenstände des Hauses ein. «Denn», sagte sie, «wir müssen wie reiche Leute auftreten. Wer wird sonst an die Flasche glauben?» Die ganze Zeit über, während sie packte, war sie lustig wie ein Vogel, doch wenn sie Keawe ansah, traten ihr die Tränen in die Augen, und sie mußte hinlaufen und ihn küssen. Und Keawe? Ihm war eine Last von der Seele genommen. Da er jetzt sein Geheimnis mitgeteilt hatte und da neue Hoffnung ihm winkte, schien er auch ein neuer Mensch zu werden. Mit leichten Füßen ging er umher, er konnte wieder freier atmen. Und doch hatte ihn die Furcht noch nicht verlassen. Immer wieder erstarb die Hoffnung in ihm, so wie der Wind eine Kerze ausbläst, und er sah die Flamme prasseln und das rote Höllenfeuer. Überall erzählten sie, sie wollten eine Vergnügungsreise nach den Vereinigten Staaten unternehmen. Das kam den Leuten zwar sonderbar vor, aber nicht so sonderbar wie die Wahrheit, wenn jemand sie hätte erraten können. So fuhren sie mit der *Hall* nach Honolulu und von dort mit einer Gesellschaft von *Haolen* auf der *Umatilla* nach San Francisco. In San Francisco nahmen sie Passage auf der Postbrigantine *Tropic Bird* nach Papeete, der Hauptstadt der französischen Südseeinseln. Dort kamen sie nach angenehmer Reise an einem schönen Tage während des Passats an und sahen das Riff mit der schäumenden Brandung und Motuiti mit seinen Palmen, den Schoner, der im Hafen vor Anker lag, die weißen Häuser der Stadt unten am Strand zwischen grünen Bäumen und darüber die Berge und die Wolken von Tahiti, der weißen Insel. Sie hielten es für das Gescheiteste, ein Haus zu mieten, und zwar gegenüber dem des britischen Konsuls, um mit ihrem Gelde aufzuschneiden und mit Wagen und Pferden zu prunken. Das war sehr leicht zu machen, solange sie noch die Flasche besaßen. Kokua war auch viel kühner als Keawe und forderte von dem Teufel zwanzig oder hundert Dollar, wann immer es ihr einfiel. Auf diese Weise erregten sie bald Aufsehen in der Stadt, und die Fremden von Hawaii, die ritten und in der Kutsche fuhren, die feinen *Holokus* und reichen Spitzen Kokuas waren bald das Tagesgespräch.

Nach kurzer Zeit fanden sie sich auch mit der Sprache von Tahiti ganz gut zurecht, denn sie ist

dem Hawaiischen mit Ausnahme weniger Wörter sehr ähnlich. Sobald sie einigermaßen frei sprechen konnten, versuchten sie die Flasche zu verkaufen. Man muß dabei bedenken, daß dies nicht so leicht war. Es war schwierig, die Leute davon zu überzeugen, daß man es ernst meinte, wenn man sich erbot, ihnen den Quell ewiger Gesundheit und unerschöpflichen Reichtums für vier Centimes zu verkaufen. Außerdem mußte man über die Gefahren der Flasche sprechen. Die Leute glaubten daher entweder nicht an die ganze Sache und lachten darüber, oder aber ihnen kam das Geschäft unheimlich vor, und dann wurden sie sehr ernst und zogen sich von Keawe und Kokua zurück wie von Menschen, die einen Pakt mit dem Teufel haben. So kamen die beiden überhaupt nicht voran und mußten feststellen, daß man sie in der Stadt mied. Schreiend rannten die Kinder vor ihnen davon, etwas, was für Kokua unerträglich war. Die Katholiken bekreuzigten sich, wenn sie an ihnen vorübergingen, und wie auf Verabredung wichen alle Leute ihren Annäherungsversuchen aus.
So wurden sie immer niedergeschlagener. Nach einem Tag voller Enttäuschungen saßen sie gewöhnlich des Nachts in ihrem neuen Haus, ohne ein Wort zu wechseln, oder Kokua unterbrach das Schweigen, indem sie plötzlich in Tränen ausbrach. Manchmal beteten sie miteinander. Ab und zu stellten sie die Flasche auf den Boden und saßen den ganzen Abend dabei, um den darin schwebenden Schatten zu beobachten. Dann hatten sie Angst, zu Bett zu gehen. Lange lagen sie wach, ehe

der Schlummer sie überkam, und wenn einer endlich eingeschlafen war, wurde er plötzlich wieder wach und hörte, wie der andere im Dunkeln leise weinte, oder aber er fand sich allein, denn der andere war aus dem Hause und aus der Nähe der Flasche geflohen und ging im Garten unter den Bananenstauden auf und ab oder wanderte im Mondschein am Strand umher.

So war es eines Nachts, als Kokua erwachte. Keawe war fort. Sie fühlte nach seinem Bett, aber sein Platz war kalt. Da überfiel sie die Angst, und sie richtete sich auf. Ein wenig Mondlicht fiel durch die Fensterläden. Der Raum war hell, und sie konnte die Flasche auf dem Fußboden stehen sehen. Draußen stürmte es. Die großen Bäume in der Allee ächzten, und auf der Veranda raschelten die herabgefallenen Blätter. Dazwischen hörte Kokua noch einen anderen Laut, ob von einem Tier oder von einem Menschen, konnte sie kaum sagen, aber es klang todtraurig und schnitt ihr ins Herz. Leise erhob sie sich, öffnete ein wenig die Tür und blickte hinaus in den mondhellen Garten. Da lag Keawe unter den Bananen, das Gesicht im Staub, und jammerte vor sich hin.

Kokuas erster Gedanke war, hinzulaufen und ihn zu trösten, aber eine andere Überlegung hielt sie gebieterisch zurück. Vor seinem Weibe hatte Keawe sich wie ein tapferer Mann benommen; es ziemte ihr nicht, ihn in den Augenblicken seiner Schwäche zu beschämen. Mit diesem Gedanken zog sie sich ins Haus zurück.

Du lieber Himmel, dachte sie, wie sorglos bin ich

gewesen – wie schwach! Er ist es ja und nicht ich, der in dieser ewigen Gefahr schwebt. Er war es und nicht ich, der den Fluch auf seine Seele lud. Um meinetwillen und aus Liebe zu einem so geringen und hilflosen Geschöpf sieht er jetzt die Flammen der Hölle so nahe vor sich – ja, und riecht ihren Rauch, während er da draußen im Wind und im Mondschein liegt. Ist mein Geist so stumpf, daß ich bis auf den heutigen Tag meine Pflicht nicht erkannt habe? Oder habe ich sie bereits erkannt und sie versäumt? Aber jetzt wenigstens will ich meine Seele in die beiden Hände meiner Liebe nehmen. Jetzt sage ich der weißen Treppe, die zum Himmel führt, und den wartenden Freunden Lebewohl. Liebe für Liebe! Meine Liebe soll so groß wie die Keawes sein. Eine Seele für die andere, und so soll es die meinige sein, die zugrunde geht.

Sie war eine Frau mit geschickten Händen und hatte sich bald angekleidet. Sie nahm das Wechselgeld – die kostbaren *Centimes*, die sie stets bereithielten; denn diese Münze ist wenig im Verkehr. Darum hatten sie sich eine Anzahl in einem Verwaltungsbüro besorgt. Als sie in die Allee kam, blies der Wind die Wolken hoch, und der Mond war nicht mehr zu sehen. Die Stadt schlief, und sie wußte nicht, wohin sie sich wenden sollte. Da hörte sie im Schatten der Bäume jemanden husten.

«Alter», sagte Kokua, «was tust du hier draußen in der kalten Nacht?»

Der Alte konnte vor Husten kaum sprechen, aber sie entnahm seinen Worten doch, daß er arm und fremd auf der Insel war.

«Willst du mir einen Dienst erweisen?» fragte Kokua. «Willst du einem anderen Fremdling und als alter Mann einer jungen Frau, einer Tochter Hawaiis, helfen?»

«Ach», erwiderte der Alte, «dann bist du die Hexe von den Acht Inseln* und hast es sogar auf meine alte Seele abgesehen? Aber ich habe von dir gehört und verachte deine Bosheit.»

«Setz dich hierher! Ich will dir eine Geschichte erzählen.» Und Kokua erzählte ihm Keawes Geschichte vom Anfang bis zum Ende.

«Und jetzt», sagte sie, «bin ich seine Frau, die er mit seinem Seelenheil erkauft hat. Was soll ich tun? Wenn ich selbst zu ihm ginge und ihm anböte, die Flasche zu kaufen, würde er sich weigern. Wenn du aber kommst, wird er sie mit Freuden hingeben. Ich will hier auf dich warten. Du wirst sie für vier *Centimes* kaufen, und ich kaufe sie dir für drei wieder ab. Und der Herr gebe einem armen Mädchen Kraft!»

«Wenn du falsch bist», sagte der Alte, «so wird Gott dich gewiß sofort töten.»

«Das wird er tun!» rief Kokua. «Ganz gewiß wird er das. So falsch könnte ich nicht sein. Gott würde es nicht zulassen.»

«Gib mir die vier *Centimes* und warte hier auf mich», sagte der Alte.

Als Kokua nun ganz allein auf der Straße stand, schwand ihr der Mut. Der Wind heulte in den Bäumen. Ihr aber klang es wie das Prasseln der

---

* Die aus acht Hauptinseln und zahlreichen kleinen Inseln bestehende Gruppe der Hawaii-Inseln (Anmerkung des Übersetzers).

Höllenflammen. Die Schatten schwankten im Licht der Straßenlaterne und kamen ihr wie zupackende Teufelskrallen vor. Hätte sie die Kraft gehabt, sie wäre davongelaufen, und hätte sie noch viel Atem gehabt, sie hätte laut geschrien. Aber sie konnte weder das eine noch das andere und stand wie ein verängstigtes Kind zitternd in der Allee.
Doch da sah sie den Alten zurückkommen. Er hatte die Flasche in der Hand.
«Ich habe getan, was du mir aufgetragen hast», sagte er. «Ich habe deinen Gatten weinend wie ein Kind zurückgelassen. Heute nacht wird er unbeschwert schlafen.» Und er hielt ihr die Flasche hin.
«Ehe du sie mir gibst», keuchte Kokua, «nimm das Gute mit dem Schlechten – wünsche dir, von deinem Husten befreit zu sein.»
«Ich bin ein alter Mann», entgegnete er, «und stehe dem Grabe schon zu nahe, um noch vom Teufel eine Gunst anzunehmen. Aber was ist das? Warum nimmst du die Flasche nicht? Zögerst du?»
«Ich zögere nicht!» rief Kokua. «Nur zu schwach bin ich. Laß mich einen Augenblick. Meine Hand widerstrebt, mein Fleisch schreckt vor dem verfluchten Ding zurück. Einen Augenblick nur!»
Freundlich blickte der Alte sie an. «Armes Kind», sagte er, «du fürchtest dich, deine Seele ahnt Böses. Gut, ich will sie behalten. Ich bin alt und kann in dieser Welt nicht mehr glücklich werden, und in der anderen...»
«Gib sie mir», keuchte Kokua auf. «Hier ist dein Geld. Glaubst du, ich könnte so erbärmlich sein? Gib mir die Flasche!»

«Gott segne dich, Kind», sagte der Alte.

Kokua verbarg die Flasche unter ihrem *Holoku*, sagte dem alten Mann Lebewohl und ging die Allee entlang. Sie achtete nicht darauf, wohin. Alle Straßen waren für sie gleich, und sie führten alle zur Hölle. Bald ging sie, bald lief sie, bald schrie sie laut in die Nacht hinaus, und bald lag sie am Wegrand im Staub und weinte. Alles, was sie von der Hölle gehört hatte, fiel ihr wieder ein. Sie sah die Flammen lodern, roch den Rauch, und ihr Fleisch verging auf den Kohlen.

Bei Tagesanbruch kam sie wieder zu sich und ging nach Hause. Es war, wie der Alte gesagt hatte. Keawe schlummerte wie ein Kind. Kokua stand da und blickte ihm ins Gesicht.

«Jetzt, mein Gatte», sagte sie, «kannst du ruhig schlafen. Wenn du aufwachst, darfst du wieder singen und lachen. Aber für die arme Kokua – ach, sie hat ja nichts Böses gewollt –, für die arme Kokua gibt es keinen Schlaf mehr, kein Singen und keine Freude, weder auf Erden noch im Himmel.»

Damit legte sie sich an seine Seite, und ihr Jammer war so groß, daß sie sofort in tiefen Schlaf fiel.

Spät am Morgen erwachte ihr Gatte und teilte ihr die gute Nachricht mit. Er schien vor Freude blind zu sein, denn er achtete nicht auf ihren Kummer, den sie doch nur schlecht verbergen konnte. Die Worte blieben ihr im Halse stecken, aber es machte ihm nichts aus. Er sprach in einem fort. Sie aß keinen Bissen, doch wer sah das schon? Denn Keawe aß die Schüsseln leer. Kokua kam er vor wie eine Traumgestalt. Es gab Augenblicke, in denen sie alles vergaß oder bezweifelte und sich mit der Hand an die Stirn faßte. Sich selbst verdammt zu wissen und ihren Gatten so schwatzen zu hören erschien ihr ungeheuerlich.

Die ganze Zeit aß und plauderte Keawe und schmiedete Pläne für die Rückreise und dankte ihr dafür, daß sie ihn errettet hatte. Er liebkoste sie und nannte sie seine einzige Helferin. Er lachte über den Alten, der so verrückt gewesen war, die Flasche zu kaufen.

«Er war sicher ein ehrenwerter Mann», sagte Keawe, «aber niemand soll nach dem Äußeren urteilen. Wozu wollte er die Flasche wohl haben?»

«Mein Gatte», erwiderte Kokua demütig, «er kann einen guten Zweck dabei im Auge gehabt haben.»

Keawe lachte ärgerlich. «Papperlapapp!» rief er. «Ein alter Gauner, sag ich dir, und ein alter Esel dazu, denn für vier *Centimes* schon war die Flasche kaum zu verkaufen, und für drei wird es ganz unmöglich sein. Die Spanne ist nicht groß genug. Das Ding riecht schon brenzlich – brr!» sagte er und schauderte. «Allerdings stimmt es, daß ich sie selbst für einen *Cent* gekauft habe, als ich noch nicht wußte, daß es kleinere Münzen gibt. Ich war ein Narr in meiner Qual, einen größeren gibt es nicht, und wer die Flasche jetzt hat, wird sie mit zur Hölle nehmen.»

«O mein Gatte», sagte Kokua, «ist es nicht furchtbar, sich selbst durch die ewige Verdammnis eines anderen zu retten? Ich könnte darüber nicht lachen. Ich wäre demütig und traurig. Ich würde für den armen Besitzer beten.»

Da wurde Keawe noch zorniger, weil er die Wahrheit ihrer Worte fühlte. «Unsinn!» rief er. «Du kannst ja traurig sein, wenn es dir Spaß macht. So denkt keine gute Frau. Wenn du überhaupt an mich dächtest, würdest du dich schämen.»
Darauf ging er aus, und Kokua blieb allein. Welche Möglichkeit hatte sie noch, die Flasche für zwei *Centimes* zu verkaufen? Keine, das sah sie ein. Und selbst wenn sie eine hätte, so war da ihr Gatte, der sie drängte, in ein Land zurückzukehren, wo der *Cent* die kleinste Münze war. Und jetzt – am Morgen nach ihrem Opfer – ließ ihr Gatte sie allein und machte ihr Vorwürfe!
Sie versuchte nicht einmal die kurze Zeit zu nutzen, die sie noch hatte. Sie saß zu Hause, holte die Flasche hervor und betrachtete sie mit unaussprechlicher Furcht, und dann wieder verbarg sie sie voller Abscheu vor ihren Blicken.
Nach einer Weile kam Keawe zurück und wollte mit ihr eine Ausfahrt machen.
«Mein Gatte», sagte sie, «ich bin krank; ich fühle mich nicht wohl. Entschuldige mich, mir steht der Sinn nicht nach Vergnügungen.»
Da wurde Keawe zorniger als je zuvor. Über sie, weil er glaubte, sie brüte über dem Schicksal des Alten, weil er wußte, daß sie recht hatte, und weil er sich seines Glückes schämte.
«Das ist also deine Treue und Liebe zu mir! Gerade erst ist dein Gatte vom ewigen Verderben errettet worden, das er aus Liebe zu dir auf sich genommen hat – und du magst nicht fröhlich sein! Kokua, du hast ein treuloses Herz.»

Wütend ging er wieder weg und trieb sich den ganzen Tag in der Stadt umher. Er traf Freunde und trank mit ihnen. Sie mieteten einen Wagen, fuhren aufs Land hinaus und tranken dort weiter. Aber die ganze Zeit über fühlte Keawe sich unbehaglich, weil er seinem Vergnügen nachging, während sein Weib traurig war, und weil er in seinem Herzen wußte, daß sie mehr im Recht war als er; und dieses Bewußtsein ließ ihn nur noch mehr trinken.

Nun war ein alter roher *Haole* dabei, der früher auf einem Walfangschiff Bootsmann gewesen war; später dann war er desertiert, war Goldgräber geworden und hatte im Gefängnis gesessen. Er war ein übler Patron und hatte ein loses Maul. Er trank gern und hatte seinen Spaß daran, andere betrunken zu sehen. Immer wieder nötigte er Keawe mitzuhalten. Bald hatte die ganze Gesellschaft kein Geld mehr.

«He du», rief der Bootsmann, «du bist doch reich, hast du immer gesagt. Du hast doch so 'ne Flasche oder so was Verrücktes!»

«Ja», antwortete Keawe, «ich bin reich. Ich will nach Hause gehen und von meiner Frau Geld holen. Sie verwahrt es.»

«Das ist aber eine schlechte Idee, Kamerad», meinte der Bootsmann. «Vertrau einem Unterrock niemals Geld an. Die sind alle falsch wie Wasser. Hab da mal ein Auge drauf!»

Dieses Wort ging Keawe nicht aus dem Sinn, denn er war vom Alkohol schon reichlich benebelt.

Ich würde mich nicht wundern, sagte er sich, wenn

sie tatsächlich falsch wäre. Warum wäre sie sonst über meine Errettung so niedergeschlagen? Aber ich werde ihr zeigen, daß ich nicht der Mann bin, den man zum Narren hält. Ich will sie auf frischer Tat ertappen.

Als sie in die Stadt zurückkamen, bat Keawe den Bootsmann, an der Ecke vor dem alten Gefängnis auf ihn zu warten, und ging dann allein durch die Allee zu seinem Hause. Es war wieder Nacht geworden. Drinnen brannte Licht, aber kein Laut war zu hören. Keawe schlich um das Haus und öffnete leise die Hintertür.

Da saß Kokua auf dem Boden; neben ihr stand die Lampe und vor ihr eine milchweiße Flasche mit rundem Bauch und einem langen Hals, und während Kokua sie betrachtete, rang sie die Hände.

Eine ganze Weile stand Keawe da und blickte durch die Tür. Zuerst war er wie erstarrt. Dann überkam ihn die Angst, der Handel sei vielleicht vergeblich gewesen und die Flasche wie in San Francisco zu ihm zurückgekehrt. Bei dieser Überlegung wankten seine Knie und der Weindunst verflog wie Morgennebel über dem Fluß. Doch da kam ihm ein anderer Gedanke, so ungeheuerlich, daß er ihm das Blut in die Wangen trieb.

Ich muß mir Gewißheit verschaffen, dachte er.

Er schloß die Tür, ging leise wieder um die Ecke und kam dann geräuschvoll herein, als wäre er eben erst zurückgekommen. Und siehe da, als er die Vordertür öffnete, war keine Flasche mehr zu sehen. Kokua saß im Sessel und fuhr auf wie jemand, der eben aus dem Schlaf erwacht.

«Ich habe den ganzen Tag getrunken und bin vergnügt gewesen», sagte Keawe. «Ich war mit guten Freunden zusammen und bin nur gekommen, um mir Geld zu holen. Gleich gehe ich wieder, um weiter mit ihnen zu zechen.»

Seine Miene wie auch seine Stimme waren düster wie am Tage des Jüngsten Gerichts, aber Kokua war zu sehr in Gram versunken, um es zu bemerken.

«Du tust gut daran, wenn du dein Geld verbrauchst», sagte sie, und ihre Stimme bebte.

«Ja, ich tue immer das Richtige», sagte Keawe und ging stracks auf die Kiste zu, um das Geld herauszunehmen. Dabei blickte er schnell dahin, wo sie die Flasche aufbewahrt hatten, aber sie war nicht da.

Da erhob sich die Kiste vom Fußboden wie eine Meereswoge, und das Haus drehte sich um ihn wie eine wirbelnde Rauchwolke, denn er erkannte, daß jetzt sie rettungslos verloren war. Es ist so, wie ich befürchtet habe, dachte er. Sie selbst hat die Flasche gekauft.

Dann faßte er sich und richtete sich auf, doch der Schweiß rann ihm über das Gesicht so stark wie ein Regenschauer und so kalt wie Quellwasser.

«Kokua», sagte er, «ich habe heute in einer Art mit dir gesprochen, die mir nicht zusteht. Jetzt gehe ich wieder zu meinen lustigen Kumpanen.» Dabei lachte er leise. «Aber ich werde mehr Spaß beim Becher haben, wenn du mir verzeihst.»

Im Augenblick hatte sie seine Knie umklammert und küßte sie unter strömenden Tränen.

«Ach», rief sie, «ich verlange ja nichts als ein einziges freundliches Wort.»

«Wir wollen nie mehr schlecht voneinander denken», sagte er, und damit schloß er die Türe.

Nun war das Geld, das Keawe mitgenommen hatte, nur ein Teil von den *Centime*stücken, die sie bei ihrer Ankunft zurückgelegt hatten. Er hatte wirklich nicht die Absicht weiterzutrinken. Seine Frau hatte für ihn ihre Seele hingegeben, nun mußte er die seine für sie opfern. Einen anderen Gedanken gab es für ihn nicht mehr.

An der Ecke vor dem alten Gefängnis wartete der Bootsmann auf ihn.

«Mein Weib hat die Flasche», sagte Keawe, «und wenn du mir nicht hilfst, sie herauszubekommen, gibt es heute abend kein Geld und auch keinen Schnaps mehr.»

«Willst du damit sagen, daß es dir ernst ist mit der Flasche?» rief der Bootsmann.

«Komm unter die Laterne», antwortete Keawe. «Sehe ich aus, als ob ich scherzte?»

«Das stimmt», sagte der Bootsmann, «du siehst so ernst aus wie ein Geist.»

«Also gut», fuhr Keawe fort, «hier sind zwei *Centimes*. Du gehst jetzt sofort zu meiner Frau hinein und bietest sie ihr für die Flasche, und wenn ich mich nicht irre, wird sie sie dir sofort geben. Bring sie mir hierher, und ich kaufe sie dir für einen *Centime* wieder ab. Denn das ist das Gesetz der Flasche, daß man sie stets für einen geringeren Betrag verkaufen muß. Aber was du auch tust, verrate mit keinem Wort, daß du von mir kommst.»

«Kamerad, ich bin gespannt, ob du mich zum Narren halten willst», sagte der Bootsmann.
«Es würde dir nichts schaden, wenn ich es wirklich täte», entgegnete Keawe.
«Das stimmt, Kamerad», meinte der andere.
«Und wenn du mir nicht glaubst», fuhr Keawe fort, «so kannst du einen Versuch machen. Sobald du aus dem Hause heraus bist, wünsche dir die Tasche voll Geld oder eine Flasche vom besten *Rum*, oder was du willst. Du wirst sehen, was das Ding wert ist.»
«Sehr gut, *Kanake*», sagte der Bootsmann. «Ich werd's versuchen, aber wenn du dich über mich lustig machst, mache ich mich über dich mit einem Splißhorn* lustig.»
So ging der Walfänger die Allee hinauf, und Keawe stand da und wartete. Es war nicht weit von der Stelle, wo Kokua in der vorherigen Nacht gewartet hatte, aber Keawe war entschlossener und schwankte nicht. Nur seine Seele war voll bitterer Verzweiflung.
Es schien ihm eine lange Wartezeit zu sein, bis er im Dunkeln der Allee jemanden singen hörte. Er erkannte die Stimme des Bootsmannes, nur klang sie zu seiner Verwunderung jetzt reichlich betrunken. Dann stolperte der Mann selbst in das Licht der Laterne. Er hatte die Teufelsflasche in seinen Rock eingeknöpft und noch eine Flasche in der Hand, und kaum erschien er auf der Bildfläche, setzte er sie an den Mund und trank.

---

* Ein Werkzeug zum Splissen, das heißt zum Verflechten von Tauenden (Anmerkung des Übersetzers).

«Ich sehe, du hast sie», sagte Keawe.
«Hände weg!» schrie der Bootsmann und sprang zurück. «Einen Schritt, und ich hau dir eine in die Fresse! Du hast wohl geglaubt, ich würde dir die Kastanien aus dem Feuer holen, was?»
«Was meinst du damit?» keuchte Keawe.
«Was ich meine?» schrie der Bootsmann. «Das hier ist eine feine Flasche, das meine ich. Wieso ich sie für zwei *Centimes* bekommen habe, ist mir nicht ganz klar, aber daß du sie für einen nicht wiederkriegst, das weiß ich genau.»
«Willst du damit sagen, daß du sie mir nicht wieder verkaufst?» fragte Keawe atemlos.
«Genau das, mein Lieber», rief der Bootsmann, «aber einen Schluck aus der Flasche kannst du haben, wenn du Lust hast.»
«Ich möchte dir nur sagen, daß der Mann, der diese Flasche hat, zur Hölle fährt», erwiderte Keawe.
«Dahin komme ich sowieso, wie ich annehme», gab der Seemann zurück, «und die Flasche hier ist dafür der beste Reisebegleiter. Nein, mein Lieber», schrie er wieder, «das ist jetzt meine Flasche, und du kannst gehn und dir eine neue suchen.»
«Das kann doch nicht wahr sein», rief Keawe. «Um deinetwillen beschwöre ich dich, verkaufe sie mir.»
«Was du redest, ist mir egal», antwortete der Bootsmann. «Du hast mich wohl für einen Idioten gehalten. Jetzt siehst du, daß ich keiner bin. Und damit Schluß! Wenn du keinen Schluck *Rum* willst, dann nehme ich selbst einen. Dein Wohl! Und dann gute Nacht!»
Er torkelte die Allee hinunter stadteinwärts, und

mit ihm verschwindet die Flasche aus unserer Geschichte.

Keawe aber rannte leicht wie der Wind zu Kokua. Groß war ihre Freude in dieser Nacht, und groß war der Friede aller ihrer Tage in dem *Hellen Hause.*

Markheim

«Ja», meinte der Händler, «die Glücksfälle in unserem Geschäft sind mannigfacher Art. Einige Kunden verstehen nichts von der Sache, dann ziehe ich Nutzen aus meinen überlegenen Kenntnissen. Andere sind unehrlich», und damit hielt er die Kerze so, daß der Schein voll auf seinen Besucher fiel, «und in diesem Falle profitiere ich von meiner Ehrlichkeit.»
Gerade war Markheim aus dem hellen Licht der Straße eingetreten, und seine Augen hatten sich noch nicht an das Zwielicht und Dunkel des Ladens gewöhnt. Bei diesen vielsagenden Worten und in der Nähe der Flamme blinzelte er schmerzlich und blickte seitwärts.
Der Händler lachte leise vor sich hin. «Sie kommen heute am Sonntag zu mir», fuhr er fort, «und wissen doch genau, daß ich allein zu Hause bin, die Läden geschlossen habe und darauf halte, keine Geschäfte

zu machen. Nun, Sie werden dafür zahlen müssen, daß ich meine Zeit vergeude, statt mich mit meiner Buchhaltung zu befassen. Außerdem werden Sie zahlen müssen für etwas in Ihrem Benehmen, das mir an Ihnen sehr auffällt. Ich bin die Verschwiegenheit selbst und stelle keine peinlichen Fragen, aber wenn ein Kunde mir nicht in die Augen schauen kann, muß er dafür zahlen.» Und wieder kicherte der Händler und fuhr dann im üblichen Geschäftston, wenn auch mit einem Anflug von Ironie, fort: «Sie können, wie stets, genau sagen, wie Sie in den Besitz dieses Gegenstandes gekommen sind. Auch aus Ihres Onkels Kabinett! Ein beachtlicher Sammler, mein Herr!»
Und der kleine blasse Händler mit den runden Schultern stand fast auf den Zehenspitzen, blickte über den Rand seiner goldenen Brille und schüttelte mit allen Zeichen des Unglaubens den Kopf. Mit grenzenlosem Mitleid und leisem Grauen erwiderte Markheim seinen Blick.
«Diesmal», entgegnete er, «irren Sie. Ich komme nicht, um etwas zu veräußern, sondern um etwas zu erwerben. Ich habe keine Raritäten anzubieten. Meines Onkels Kabinett ist leer bis auf die Wände. Aber selbst wenn die Sammlung noch vollständig wäre, würde ich lieber etwas dazukaufen, denn ich habe an der Börse Erfolg gehabt, und mein heutiges Anliegen ist ganz einfacher Art. Ich suche ein Weihnachtsgeschenk für eine Dame», fuhr er um so geläufiger fort, je mehr er sich in die Geschichte hineinfand, die er sich zurechtgelegt hatte. «Gewiß muß ich Sie um Entschuldigung bitten, daß ich Sie

mit einer solchen Kleinigkeit belästige. Aber ich habe es gestern vergessen. Ich muß meine kleine Gabe zum Mittagessen mitbringen, und Sie wissen ja sehr gut, eine reiche Partie darf man nicht vernachlässigen.»

Während der folgenden Gesprächspause schien der Händler diese Erklärung ungläubig abzuwägen. Das Ticken zahlreicher Uhren unter dem Raritätenkram des Ladens und das entfernte Geräusch der Wagen in einer benachbarten Straße füllten das kurze Schweigen aus.

«Gut», bemerkte der Händler, «einverstanden! Immerhin sind Sie ja ein alter Kunde, und wenn Sie, wie Sie sagen, Gelegenheit zu einer guten Heirat haben, so bin ich der letzte, der Sie daran hindern würde. Hier ist etwas Hübsches für eine Dame», fuhr er fort, «hier dieser Handspiegel – fünfzehntes Jahrhundert, garantiert – stammt aus einer guten Sammlung. Im Interesse meines Kunden muß ich den Namen verschweigen, der wie Sie selbst, mein Herr, Neffe und alleiniger Erbe eines bedeutenden Sammlers ist.»

Indem der Händler so mit seiner trockenen und bissigen Stimme weiterredete, hatte er sich gebückt, um den Gegenstand von seinem Platz zu nehmen. Während er dies tat, durchlief ein Zittern Markheims Gestalt, seine Hände und Füße zuckten, und auf seinen Zügen spiegelten sich einander widerstrebende Leidenschaften in jähem Wechsel. Das ging so schnell vorüber, wie es gekommen war, und nur seine bebende Hand, die jetzt den Spiegel entgegennahm, kündete davon.

«Ein Spiegel?» fragte er heiser, und nach einer Pause wiederholte er deutlicher: «Ein Spiegel? Zu Weihnachten? Doch wohl nicht gar!»
«Warum nicht?» rief der Händler. «Warum kein Spiegel?»
Mit einem unerklärlichen Ausdruck blickte Markheim ihn an. «Sie fragen mich, warum nicht?» entgegnete er. «Ach, schauen Sie doch her – schauen Sie hinein – betrachten Sie sich selbst! Sehen Sie das gerne? Nein, ich nicht – und sonst auch niemand!»
Der kleine Mann war zurückgeschreckt, als Markheim ihm so plötzlich den Spiegel vorhielt. Als er aber erkannte, daß er nichts Schlimmeres in der Hand hielt, lächelte er. «Ihre Zukünftige, mein Herr, muß vom Schicksal ziemlich schlecht bedacht worden sein.»
«Ich bitte Sie um ein Weihnachtsgeschenk», erwiderte Markheim, «und Sie geben mir das – diesen verfluchten *Mahner* an Zeit, Sünden und Torheiten – dieses Handgewissen. Haben Sie das beabsichtigt? Hatten Sie einen Hintergedanken dabei? Reden Sie! Es ist besser, wenn Sie es tun. Kommen Sie, reden Sie; es ist besser, wenn Sie es tun. Kommen Sie, erzählen Sie etwas von sich selbst! Ich möchte annehmen, aufs Geratewohl, insgeheim sind Sie ein ganz gutherziger Mensch.»
Scharf blickte der Händler sein Gegenüber an. Seltsam. Markheim lachte offenbar nicht. In seinem Gesicht glimmte etwas wie ein Fünkchen Hoffnung auf, aber nichts von Lustigkeit.
«Worauf wollen Sie hinaus?» fragte er.

«Nicht gutherzig?» fragte der andere finster. «Nicht gutherzig, nicht fromm, nicht gewissenhaft! Lieblos, ungeliebt! Eine Hand, um Geld zu verdienen, eine Kassette, um es aufzubewahren! Ist das alles? Lieber Gott! Mensch, ist das alles?»
«Ich will Ihnen sagen, was es ist», begann der Händler mit einiger Schärfe und brach dann erneut in verhaltenes Lachen aus. «Aber ich sehe, das ist für Sie eine Liebesheirat, und Sie haben aufs Wohl der Dame getrunken.»
«Ach», rief Markheim mit einer seltsamen Neugierde, «ach, waren Sie jemals verliebt? Erzählen Sie mir davon!»
«Ich?» rief der Händler. «Ich verliebt? Dazu habe ich niemals Zeit gehabt und habe auch heute noch keine Zeit für all diesen Unsinn. Wollen Sie den Spiegel?»
«Warum so eilig?» entgegnete Markheim. «Es ist so unterhaltsam, hier zu stehen und zu plaudern. Das Leben ist so kurz und unsicher, daß ich mir keine Unterhaltung entgehen lassen möchte – nicht einmal eine so harmlose wie diese hier. Wir sollten an allem festhalten, wo immer wir können, wie sich ein Mensch am Rande einer Klippe festhält. Jede Sekunde ist eine Klippe, wenn man dies bedenkt, eine meilenhohe Klippe, hoch genug, daß wir bis zur Unkenntlichkeit zerschmettert sind, wenn wir stürzen. Deshalb ist es das beste, angenehm zu plaudern. Lassen Sie uns voneinander reden. Warum tragen wir diese Masken? Lassen Sie uns aufrichtig sein. Wer weiß, vielleicht werden wir Freunde.»
«Eins will ich Ihnen gerade noch sagen», erwiderte

der Händler, «entweder erledigen Sie Ihren Einkauf oder Sie scheren sich hinaus aus meinem Laden.»

«Gewiß, gewiß!» meinte Markheim. «Genug Torheiten! Zum Geschäft! Zeigen Sie mir etwas anderes!»

Noch einmal bückte sich der Händler, diesmal, um den Spiegel auf das Regal zurückzulegen, und dabei fiel ihm sein blondes Haar über die Augen. Markheim trat ein wenig näher, die eine Hand in der Tasche seines Mantels vergraben. Er straffte sich etwas und atmete tief. Gleichzeitig zuckten die verschiedenartigsten Empfindungen über sein Gesicht: Schrecken, Furcht, Entschlossenheit, Besessenheit und physischer Widerwille, und unter seiner verzerrten Oberlippe wurden seine Zähne sichtbar.

«Das hier könnte das Richtige sein», meinte der Händler. Gerade als er sich wieder aufrichtete, stürzte sich Markheim von hinten auf sein Opfer. Die lange spießartige Dolchklinge blitzte auf und stieß zu. Der Händler zappelte wie ein Huhn, schlug mit der Schläfe gegen das Regal und sank auf dem Fußboden zusammen.

In diesem Laden hatte die Zeit wohl ein Dutzend Stimmen, einige stattlich und bedächtig, wie es ihrem hohen Alter ziemte, andere geschwätzig und eilig. Alle zählten sie in einem verworrenen Ticktackkonzert die Sekunden. Das Scharren von Knabenschuhen, die schwer über das Pflaster liefen, übertönte die leiseren Geräusche und rief Markheim seine Umgebung ins Bewußtsein zurück.

Furchtsam blickte er um sich. Die Kerze stand auf dem Ladentisch. Feierlich flackerte ihre Flamme im Luftzug, und diese unbedeutende Bewegung erfüllte den ganzen Raum wie einen See mit geräuschlosem Leben und Gewoge. Die hohen Schatten nickten, die massigen Klumpen von Dunkelheit schwollen und sanken in sich zusammen, als ob sie atmeten, die Gesichter der Porträts und der chinesischen Götzen veränderten sich und verschwammen wie Spiegelbilder im Wasser. Die innere Tür stand offen und zeigte mit einem langen Streifen Tageslicht wie mit drohendem Finger in das Schattenlager.

Langsam kehrten die entsetzt umherirrenden Augen Markheims zum Körper seines Opfers zurück, wie er bucklig und gespreizt, unglaublich klein und noch erbärmlicher als im Leben dalag. In diesen armseligen, kargen Kleidern, in dieser linkischen Stellung glich der Händler einem Sack voll Sägespänen. Vor diesem Anblick hatte sich Markheim gefürchtet, und siehe da, es war nichts. Und doch wurde, wie er hinschaute, dieses Bündel blutbefleckter Kleider zu einem eindringlichen Redner. Da mußte es liegenbleiben. Niemand war da, der diese geschickt erdachten Scharniere in Betrieb setzte oder das Wunder der Bewegung betätigte – da mußte es liegenbleiben, bis man es fand. Fand! Ja, und dann? Dann würde dieser tote Körper einen Schrei ausstoßen, der über ganz England erscholl und die Welt mit dem Widerhall der Verfolgung erfüllte. Ja, tot oder lebendig, hier war immer noch der Feind. Die Zeit hat's gegeben, daß, war das

Hirn heraus... dachte er, und das erste Wort traf ihn. Nun, da die Tat vollendet war, hatte die Zeit, die für das Opfer zu Ende ging, für den Täter eine ungeahnte riesenhafte Bedeutung erhalten.

Dieser Gedanke erfüllte ihn noch, als erst die eine und dann die übrigen Uhren, wechselnd im Takt und Ton, eine so tief wie die Turmglocke einer Kathedrale, eine andere im hellen Ton wie das Vorspiel zu einem Walzer, die dritte Nachmittagsstunde zu schlagen begannen.

Der plötzliche Ausbruch so vieler Stimmen in diesem stummen Raum beunruhigte ihn. Er fing an, sich zu bewegen, mit der Kerze hin und her zu gehen, verfolgt von wandelnden Schatten und bis in die Tiefe seiner Seele erschreckt von den wechselnden Lichtreflexen. In zahlreichen kostbaren Spiegeln, teils einheimischer Herkunft, teils aus Venedig oder Amsterdam, erblickte er immer wieder sein Gesicht – ein Heer von Spionen. Seine eigenen Augen entdeckten es, der Hall seiner eigenen Schritte störte, so leicht sie waren, die Stille ringsum, und noch während er seine Taschen füllte, machte ihm sein Hirn mit lähmender Wiederholung tausend Fehler zum Vorwurf. Er hätte eine ruhigere Stunde wählen und sich ein Alibi beschaffen sollen. Er hätte kein Messer benutzen sollen. Er hätte vorsichtiger sein und den Händler nur binden und knebeln sollen, statt ihn zu töten. Er hätte kühner sein und auch die Dienstmagd umbringen sollen. Alles hätte er anders machen sollen. Quälendes Bedauern, ermüdendes unaufhörliches Bohren der Gedanken, Geschehenes ungeschehen zu machen, Sinnloses zu planen und eine unwiderrufliche Vergangenheit neu aufzubauen. Hinter all diesen sich jagenden Vorstellungen aber standen unendliche Schreckbilder und erfüllten wie das Rascheln der Ratten in einer verlassenen Dachkammer die geheimsten Winkel seines Gehirns mit Aufruhr. Die Hand der Polizei fiel schwer auf seine Schultern, und seine Nerven zuckten wie ein Fisch am Angelhaken. Oder Anklagebank, Galgen und der schwarze Sarg zogen in rasender Folge vor seinem Innern vorüber.

Die Furcht vor den Menschen auf der Straße legte sich um ihn wie ein belagerndes Heer. Es schien ihm unmöglich, daß nicht ein Geräusch von der Tat nach draußen gedrungen sei und die Neugierde der Leute erregt habe. Jetzt sah er sie bewegungslos in allen Nachbarhäusern sitzen, mit gespitzten Ohren, einsame Menschen, dazu verurteilt, Weihnachten allein zu feiern mit den Erinnerungen an die Vergangenheit, und nun durch seine Tat aus traulichen Gedanken aufgeschreckt, glückliche Familien, um den Tisch versammelt und in Schweigen erstarrt, die Mutter noch mit erhobenem Finger, Menschen jeden Standes, jeden Alters, jeder Stimmung, alle am eigenen Herd, spähend und lauschend und damit beschäftigt, den Strick zu drehen, mit dem er gehenkt werden sollte. Bisweilen schien es ihm, als könnte er nicht leise genug gehen. Das Klirren der hohen böhmischen Gläser tönte hell wie eine Glokke, und die Uhren, die ihn durch ihr lautes Ticken erschreckten, hätte er am liebsten abgestellt. Und wieder in neues Entsetzen jagte ihn die Stille des

Ortes als etwas, das den Vorübergehenden auffallen und das sie zum Stehenbleiben zwingen mußte. Deshalb trat er kühner auf, kramte geräuschvoll zwischen den Gegenständen im Laden herum und ahmte mit gespielter Dreistigkeit das Treiben eines geschäftigen Mannes nach, der zwanglos in seinem eigenen Hause umhergeht.
Aber dann fühlte er sich durch zwiespältige Gefühle in neue Aufregung versetzt. Teils waren seine Überlegungen scharfsinnig und listig, teils zitterten sie auf der Schwelle des Wahnsinns. Eine Vorstellung drängte sich ihm besonders auf. Der Nachbar, der mit bleichem Gesicht am Fenster horchte, der Passant, den eine grausige Ahnung zum Stehenbleiben zwang – schlimmstenfalls vermuteten sie etwas, aber sie konnten nichts wissen. Durch die Ziegelmauer und die verschlossenen Fensterläden drangen nur Geräusche. Aber war er hier innerhalb des Hauses allein? Er wußte, daß er es war. Er hatte die Dienstmagd beobachtet, wie sie in ihrem ärmlichen Feiertagskleid zum Stelldichein ging. «Ausgang», sagte jede Bandschleife und das Lächeln auf ihrem Gesicht. Ja, er war allein, natürlich. Und doch hörte er in dem großen, einsamen Hause über sich deutlich das Geräusch leiser Fußtritte – er war sich vollkommen bewußt, auf unerklärliche Weise bewußt, daß außer ihm etwas da war. Ja, sicherlich! In jeden Raum, in jede Ecke des Hauses folgte seine Phantasie diesem Geräusch. Jetzt war es ein Ding ohne Gesicht, aber mit Augen zum Sehen, dann war es ein Schatten seiner selbst und dann wieder das Abbild des toten Händlers, wie-

derbelebt zu neuer Verschlagenheit und zu neuem Haß.

Von Zeit zu Zeit blickte er unter Aufbietung aller Kräfte nach der offenen Tür, die seinen Blick zurückzustoßen schien. Das Haus war sehr hoch, das Oberlicht klein und schmutzig, der Tag vom Nebel blind. Das Licht, das bis zum Erdgeschoß durchdrang, war ausnehmend schwach und zeichnete sich nur matt auf der Schwelle des Ladens ab. Und doch, hing da nicht in dem Streifen zweifelhafter Helle ein schwankender Schatten?

Plötzlich pochte draußen auf der Straße unter lauten, lustigen Rufen ein jovialer Herr mit einem Stock gegen die Ladentür, wobei er immer wieder den Namen des Händlers rief. Zu Eis erstarrt blickte Markheim den Toten an. Aber nein, der lag jetzt ruhig da, diesem Klopfen und Rufen ganz entrückt, in ein Meer von Schweigen versunken, und sein Name, den er einst selbst im Toben eines Sturmes gehört hätte, war nun ein leerer Schall. Jetzt hörte der joviale Herr mit seinem Klopfen auf und ging weiter.

Das war ein deutlicher Wink, sich mit dem zu beeilen, was noch zu tun übrigblieb, aus dieser anklagenden Umgebung zu verschwinden, unterzutauchen in die Flut tausendfältigen Lebens und fern vom Tage den Hafen der Sicherheit und scheinbaren Unschuld zu erreichen – sein Bett. Ein Besucher war schon dagewesen, jeden Augenblick konnte ein anderer folgen und hartnäckiger sein. Erst die Tat zu begehen und dann keinen Nutzen davon zu haben, das wäre ein zu furchtbares

Mißgeschick gewesen. Das Geld und dazu erst einmal die Schlüssel, das war jetzt Markheims Sorge.

Er warf einen Blick über die Schulter nach der offenen Tür, wo noch zitternd der Schatten lag. Nicht mit bewußtem Abscheu, aber unter körperlichem Schaudern näherte er sich der Leiche seines Opfers. Nichts Menschliches hatte sie mehr an sich. Wie ein mit Kleie lose ausgestopfter Anzug, die Glieder gespreizt und den Rumpf gekrümmt, lag sie auf dem Fußboden. So unbedeutend der Anblick war, er fürchtete sich doch vor der eindringlicheren Sprache der Berührung. Er ergriff den Körper an den Schultern und drehte ihn auf den Rücken. Er war seltsam leicht und geschmeidig, und die Glieder fielen in die sonderbarsten Stellungen, als ob sie gebrochen wären. Das Gesicht war ohne jeden Ausdruck, aber es war bleich wie Wachs, und die eine Schläfe war entsetzlich mit Blut beschmiert. Dies war das einzig Schreckliche für Markheim. Er fühlte sich in ein Fischerdorf zurückversetzt an einem Jahrmarktstag bei pfeifendem Wind. Menschenmengen auf den Straßen, Blechmusik, Trommelschlag und die näselnde Stimme eines Bänkelsängers. Ein Knabe lief dazwischen herum, untergetaucht in das Gewühl und hin und her gerissen zwischen Neugierde und Furcht, bis er auf den Hauptplatz kam, wo er eine Bude und eine hohe Bretterwand mit Bildern entdeckte, häßlich gezeichnet und schreiend bunt gemalt, die Brownrigg mit ihrem Lehrling, die Mannings mit ihrem ermordeten Gast, Weare in den Todesgriffen Thurtells und noch ein Dutzend anderer berühmter Verbrecher, das Ganze so deutlich wie eine Fata Morgana. Noch einmal war er der kleine Junge, und noch einmal betrachtete er mit dem gleichen physischen Widerwillen diese häßlichen Bilder. Wieder betäubten ihn diese Trommelschläge. Eine Melodie, die die Musik damals gespielt hatte, kam ihm wieder ins Gedächtnis, und hierbei übermannte ihn zum ersten Male eine Übelkeit, eine Welle von Schwindelgefühl, eine plötzliche Schwäche in den Gelenken, die er sofort bekämpfen und überwinden mußte.

Er hielt es für klüger, diesen Überlegungen standzuhalten, anstatt vor ihnen zu fliehen. Er schaute dem Toten fest ins Gesicht und zwang seine Gedanken, sich die Art und Größe seines Verbrechens zu vergegenwärtigen. Vor wie kurzer Zeit noch hatte sich dieses Gesicht in wechselnden Empfindungen verzogen, hatte dieser bleiche Mund gesprochen und war dieser Körper durchpulst gewesen von gelenkten Kräften. Und jetzt war durch seine Tat dieses Leben angehalten, wie der Uhrmacher mit ausgestrecktem Finger den Gang der Uhr anhält. So dachte er vergebens nach und konnte sich nicht zu einem Gefühl der Reue erheben. Dasselbe Herz, das vor den gemalten Bildern des Verbrechens zurückgeschreckt war, blickte ungerührt auf das wirkliche Verbrechen hinab. Höchstens empfand er einen Anflug des Bedauerns für jemanden, der nie gelebt hatte und jetzt tot war. Aber Reue? Nein, nicht einen Hauch!

Damit schüttelte er die Gedanken ab. Er fand die

Schlüssel und ging auf die offene Ladentür zu. Draußen hatte es angefangen heftig zu regnen, und das Aufprasseln des Regens auf dem Dach hatte die Stille unterbrochen. So wie in ständig tropfenden Höhlen klang in den Räumen des Hauses ein unaufhörlicher Widerhall, der sich mit dem Ticken der Uhren mischte und das Ohr erfüllte. Und während Markheim sich der Tür näherte, schien es ihm, als ob er als Antwort auf seine eigenen behutsamen Schritte die Tritte anderer Füße hörte, die sich vor ihm die Treppe hinauf zurückzogen. Immer noch zitterte der Schatten auf der Türschwelle. Ein Zentnergewicht an Entschlußkraft kostete es ihn, die Tür zurückzuschieben.

Das schwache dunstige Tageslicht schimmerte kühl auf dem kahlen Fußboden und den Treppenstufen, auf der glänzenden Ritterrüstung, die, eine Hellebarde in der Hand, auf dem Treppenabsatz stand, auf den dunklen Holzschnitzereien und gerahmten Bildern, die auf der gelben Wandtäfelung hingen. So laut klang das Prasseln des Regens durch das ganze Haus, daß Markheim darin die verschiedensten Geräusche zu unterscheiden meinte. Fußtritte, Seufzer, der Schritt eines in der Ferne vorübermarschierenden Regiments, das Klirren von Goldmünzen auf dem Zählbrett, das Knarren heimlich offengehaltener Türen – all das schien sich in das Geräusch der Tropfen auf der Dachkuppel und das Rauschen des Wassers in den Regenrinnen zu mischen. Die Vorstellung, er sei nicht allein, brachte ihn an den Rand des Wahnsinns. Von allen Seiten war er umringt und bedrängt. In den oberen Räumen hörte er es sich bewegen, er spürte, wie sich im Laden der Tote auf seine Füße erhob, und als er unter großen Anstrengungen die Treppe hinaufsteigen wollte, flohen Fußtritte leise vor ihm her und folgten ihm heimlich. Wäre er nur taub, meinte er, wie sicher würde er sich fühlen! Und dann wieder horchte er mit neuer Aufmerksamkeit nach allen Seiten und beglückwünschte sich zu seinen rastlosen Sinnen, die auf dem Posten waren und als zuverlässige Schildwachen sein Leben behüteten. Ohne Unterlaß wandte er den Kopf. Mit Augen, die fast aus ihren Höhlen traten, spähte er nach allen Seiten, und überall wurde er durch die Spur von irgendeinem verschwindenden Schemen belohnt. Die vierundzwanzig Stufen zum ersten Stockwerk waren vierundzwanzig Todesqualen.

Im ersten Stockwerk standen die Türen offen, drei an der Zahl wie drei Hinterhalte, die Kanonenmündungen gleich seine Nerven bedrohten. Niemals wieder, das empfand er, konnte er sich hinreichend gegen die spähenden Augen der Menschen wappnen und schützen. Er sehnte sich nach Hause, hinter Mauern, er wollte zwischen Bettüchern vergraben sein, allen unsichtbar außer Gott. Bei diesem Gedanken wunderte er sich ein wenig und erinnerte sich der Erzählungen von anderen Mördern und der Furcht, die sie vor dem Zorn des Himmels empfunden haben sollten. Das war nicht der Fall, wenigstens nicht bei ihm. Er fürchtete sich vor den Gesetzen der Natur, die in ihrem gefühllosen und unabänderlichen Verlauf eine verdammte Spur seines Verbrechens festhalten könnten.

Zehnmal mehr fürchtete er mit sklavischer, abergläubischer Angst irgendeinen Bruch in der Kontinuität der menschlichen Erfahrung, irgendeine Willkür und Ungesetzlichkeit der Natur. Er spielte ein Geschicklichkeitsspiel, das von bestimmten Regeln und der berechneten Wirkung gewisser Ursachen abhing. Was geschah, wenn die Natur, wie der besiegte Tyrann das Schachbrett, die Form der gesetzmäßigen Aufeinanderfolge zerschlug? So war es Napoleon ergangen, wie die Geschichtsschreiber sagen, als der Winter seinen Anfangstermin änderte. Das gleiche Schicksal konnte Markheim treffen. Die festen Mauern konnten durchsichtig werden und sein Tun wie die Tätigkeit von Bienen in einem gläsernen Stock enthüllen. Die starken Dielen unter seinen Füßen konnten wie Treibsand nachgeben und ihn in ihren Griffen festhalten. Ja, es gab alltäglichere Zufälle, die ihn zugrunde richten konnten. Wie, wenn zum Beispiel das Haus einstürzte und ihn neben dem Körper seines Opfers einsperrte oder wenn im Nachbarhaus Feuer ausbräche und die Feuerwehr von allen Seiten zu ihm hereindrängte? Das war es, was er fürchtete, das, was man gewissermaßen die Hand Gottes nennt, die er nach der Sünde ausstreckt. Über Gott selbst machte er sich kaum Gedanken. Zweifellos war seine Tat außergewöhnlich, aber ebenso außergewöhnlich waren auch seine Entschuldigungsgründe, die Gott allein kannte. Von dieser Seite, nicht von seiten der Menschen, das fühlte er, war er der Gerechtigkeit sicher.
Nachdem er gut in das Wohnzimmer hineingekom-

men war und die Tür hinter sich geschlossen hatte, fühlte er, wie die Furcht nachließ. Der Raum war öde und ohne Teppich. Packkisten und Möbel standen unordentlich herum, einige hohe Pfeilerspiegel waren da, in denen er sich wie einen Schauspieler auf der Bühne von allen Seiten erblickte, zahlreiche Bilder, gerahmte und ungerahmte, waren mit der Vorderseite gegen die Wand gelehnt. Eine schöne Sheraton-Anrichte, ein Sekretär mit Einlegearbeit und ein großes Bett mit Vorhängen vervollständigten die Einrichtung. Die Fenster führten auf den Hof, aber zum Glück war der untere Teil der Läden geschlossen und verbarg ihn vor den Nachbarn. So zog sich Markheim eine der Kisten vor den Sekretär und suchte unter den Schlüsseln. Es war ein langwieriges Geschäft, denn es waren ihrer viele. Überdies ermüdete es ihn. Schließlich konnte der Sekretär auch leer sein, und die Zeit drängte. Aber die Anstrengung der Arbeit ernüchterte ihn. Durch die Augenwinkel blickte er zur Tür – von Zeit zu Zeit sah er sie sogar gerade an, wie sich ein belagerter Kommandant mit Genugtuung des guten Zustandes seiner Verteidigungsanlagen versichert. Aber tatsächlich war er jetzt beruhigt. Das Plätschern des Regens auf der Straße klang natürlich und angenehm. Dann erklang von der anderen Seite her ein Klavier, die Melodie eines Chorals, und die Stimmen zahlreicher Kinder nahmen die Weise und den Text auf. Wie ernst und tröstlich klang die Melodie, wie frisch waren die jugendlichen Stimmen! Markheim lauschte lächelnd, während er die Schlüssel ordnete, und in seinem Geist tauchten gleichartige Vorstellungen und Gedanken auf: Kinder auf dem Kirchgang und lauter Orgelklang, Kinder auf dem Felde, beim Baden am Bachrand, beim Spiel im Gestrüpp an der Gemeindewiese, Papierdrachen am windbewegten und wolkigen Himmel. Bei einer anderen Kadenz des Chorals sah er sich wieder in der Kirche, in die Schläfrigkeit eines Sommersonntags versetzt, er hörte die hohe, vornehme Stimme des Pfarrers – bei der Erinnerung daran mußte er noch lächeln –, sah die bemalten Jakobitengräber und die matten Buchstaben der Zehn Gebote an der Kanzel.

Während er so dasaß, gleichzeitig beschäftigt und geistesabwesend, scheuchte es ihn plötzlich hoch. Ein Strahl von Eis, ein Strahl von Feuer und ein brausender Strom seines Blutes durchdrangen ihn, gebannt und zitternd stand er da. Langsam und gleichmäßig kam ein Schritt die Treppe herauf. Jetzt legte sich eine Hand auf die Türklinke, das Schloß klirrte, und die Tür öffnete sich.

Fest hielt ihn die Angst umklammert. Er hatte keine Ahnung, was da kam. War es der Tote, waren es die Diener der Gerechtigkeit, war es ein zufälliger Zeuge, der hier blindlings hereinstolperte, um ihn an den Galgen zu bringen? Als ein Gesicht in der Öffnung erschien, sich umblickte, ihn anschaute, wie in freundlichem Erkennen lächelnd nickte und sich zurückzog, um die Tür wieder hinter sich zu schließen, entlud sich seine Furcht in einem unbeherrschten heiseren Schrei. Auf diesen Laut hin kehrte der Besucher zurück.

«Haben Sie mich gerufen?» fragte er freundlich, und mit diesen Worten trat er ins Zimmer und schloß die Tür hinter sich.

Starr und angestrengt blickte Markheim ihn an. Vielleicht lag ein Schleier über seinen Augen, denn es war ihm, als ob die Umrisse des Eingetretenen sich veränderten und verschwammen, wie die der Götzen in dem flackernden Kerzenlicht im Laden. Mitunter glaubte er ihn zu erkennen, und dann wieder schien er Ähnlichkeit mit ihm selbst zu haben, und dabei lag wie ein Klumpen lebendigen Entsetzens in seiner Brust die Überzeugung, dieses Wesen komme nicht von dieser Erde und nicht von Gott.

Und doch hatte dieses Geschöpf ein seltsames, alltägliches Aussehen, wie es so dastand und Markheim lächelnd anblickte; und als es fortfuhr: «Sie suchen, glaube ich, nach dem Gelde», da geschah dies in einem alltäglichen, höflichen Ton.

Markheim antwortete nicht.

«Ich muß Sie darauf aufmerksam machen», fuhr der andere fort, «daß die Dienstmagd sich früher als gewöhnlich von ihrem Schatz verabschiedet hat und bald wieder hier sein wird. Wenn Herr Markheim hier im Hause angetroffen würde – ich brauche ihm die Folgen nicht erst auseinanderzusetzen.»

«Sie kennen mich?» schrie der Mörder.

Der Gast lächelte. «Sie liegen mir seit langem am Herzen», sagte er. «Ich habe Sie schon eine ganze Zeit beobachtet und versucht, Ihnen zu helfen.»

«Wer sind Sie?» schrie Markheim. «Der Teufel?»

«Wer ich bin», entgegnete der andere, «das hat mit dem Dienst nichts zu tun, den ich Ihnen erweisen kann.»

«Doch», rief Markheim, «es hat etwas damit zu tun! Mir von Ihnen helfen lassen? Nein, niemals! Nicht von Ihnen! Sie kennen mich noch nicht – Gott sei Dank kennen Sie mich nicht!»

«Ich kenne Sie», erwiderte der Gast mit freundlicher Strenge oder vielmehr mit Entschiedenheit. «Ich kenne Sie bis auf den Grund Ihrer Seele.»

«Mich kennen!» rief Markheim. «Wer kann das? Mein Leben ist nur eine Art Travestie, eine Verleumdung meiner selbst. Ich habe gelebt, um meine Natur Lügen zu strafen. Alle Menschen tun das. Alle Menschen sind besser als diese Maske, die ihnen angewachsen ist und die sie erstickt. Jeder wird, wie Sie sehen, vom Leben gepackt und mitgeschleift wie einer, den Banditen ergreifen und in einen Mantel hüllen. Könnten sie, wie sie wollten – sähen Sie ihre Gesichter, sie wären alle ganz anders. Wie Helden und Heilige würden sie aussehen. Ich bin schlechter als die meisten, ich bin noch bedrückter. Meine Entschuldigungen kennen nur ich selbst und Gott. Hätte ich Zeit, ich würde mich Ihnen offenbaren.»

«Mir?» fragte der Gast.

«Ihnen vor allem», entgegnete der Mörder. «Ich hielt Sie für intelligent. Ich glaubte – da Sie einmal da sind –, Sie verstünden in den Herzen zu lesen. Und doch würden Sie mich nach meinen Taten beurteilen wollen. Bedenken Sie, nach meinen Taten! In einem Lande von Riesen bin ich geboren

und habe ich gelebt. Riesen haben mich bei der Hand ergriffen und fortgeschleppt, seitdem ich von meiner Mutter geboren wurde! Die Riesen der äußeren Umstände. Und Sie wollten mich nach meinen Taten beurteilen! Aber können Sie nicht in mich hineinschauen? Verstehen Sie nicht, daß ich das Böse hasse? Sehen Sie nicht in mir die klare Schrift des Gewissens, die, wenn auch zu oft unbeachtet, doch niemals durch eine willkürliche Sophisterei zu verwischen ist? Erkennen Sie nicht in mir ein Wesen, das sicherlich so weit verbreitet ist wie die Menschheit selbst: den Sünder wider Willen?»
«All das ist sehr gefühlvoll ausgedrückt», war die Antwort, «aber es geht mich nichts an. Für diese Zusammenhänge bin ich nicht zuständig, und es ist mir vollkommen gleichgültig, welcher Zwang Sie mit sich gerissen hat, vorausgesetzt, es war der richtige Weg. Aber die Zeit vergeht. Die Dienstmagd hat es zwar nicht eilig, sie blickt den Leuten ins Gesicht und schaut sich die Bilder an den Litfaßsäulen an, aber sie kommt doch immer näher. Bedenken Sie, es ist dasselbe, wie wenn der Galgen auf Sie zukäme. Soll ich Ihnen helfen? Ich, der alles weiß? Soll ich Ihnen sagen, wo das Geld zu finden ist?»
«Um welchen Preis?» fragte Markheim.
«Diesen Dienst biete ich Ihnen als Weihnachtsgabe», erwiderte der andere.
Markheim konnte ein bitteres, triumphierendes Lächeln nicht unterdrücken. «Nein», sagte er, «ich will nichts aus Ihren Händen. Selbst wenn ich vor Durst stürbe und Ihre Hand hielte den Wasserkrug

an meine Lippen, ich fände den Mut, ihn zurückzuweisen. Es mag unglaubwürdig klingen, aber ich will nichts tun, um mich dem Bösen zu verschreiben.»

«Ich habe nichts gegen Reue auf dem Totenbett», bemerkte der Gast.

«Weil Sie nicht an ihre Wirksamkeit glauben», rief Markheim.

«Das will ich nicht sagen», erwiderte der andere. «Aber ich betrachte diese Dinge von einem anderen Standpunkt, und wenn das Leben zu Ende ist, ist auch mein Interesse zu Ende. Der Mensch hat gelebt, um mir zu dienen, um unter der Flagge des Heiligen Böses zu tun oder wie Sie in einer schwächlichen Nachgiebigkeit gegenüber seinen Trieben Unkraut in ein Weizenfeld zu säen. Jetzt, da er seiner Befreiung so nahe ist, kann er nur noch eins tun – bereuen, lächelnd sterben und in Zuversicht und Hoffnung die ängstlicheren unter meinen überlebenden Anhängern erbauen. Ich bin kein so strenger Herr. Versuchen Sie es bitte mit mir! Nehmen Sie meine Hilfe an! Unterhalten Sie sich im Leben, wie Sie es bisher getan haben! Bedienen Sie sich reichlicher, breiten Sie Ihre Ellbogen an der Tafel aus, und wenn sich der Abend senkt und der Vorhang fällt, wird es Ihnen, das will ich Ihnen zu Ihrem größeren Trost sagen, ebenso leichtfallen, sich mit Ihrem Gewissen zu einigen und ein Friedensabkommen mit Gott zu treffen. Gerade komme ich von einem solchen Totenbett, das Zimmer war voll von ernsten Leidtragenden, die des Mannes letzten Worten lauschten, und als ich in dieses

Gesicht blickte, das sich gegen jede Regung des Mitgefühls wie Stein verhärtet hatte, sah ich es hoffnungsvoll lächeln.»

«Halten Sie mich denn wirklich für ein solches Geschöpf?» fragte Markheim. «Glauben Sie, ich habe kein höheres Ziel, als zu sündigen und mich schließlich in den Himmel zu stehlen? Bei diesem Gedanken empört sich mein Herz. Ist das denn Ihre Erfahrung mit der Menschheit, oder setzen Sie bei mir eine solche Gemeinheit voraus, weil Sie mich hier mit blutbefleckten Händen finden? Ist denn das Verbrechen des Mordes wirklich so verrucht, daß es selbst die Quellen des Guten versiegen läßt?»

«Mord ist für mich keine besondere Kategorie», entgegnete der andere. «Alle Sünden sind Morde, so wie das ganze Leben Krieg ist. Ich sehe Ihresgleichen wie schmachtende Matrosen auf einem Floß, die dem Hunger selbst die Brotkrumen aus den Händen reißen und sich gegenseitig verschlingen. Ich verfolge die Sünden bis über den Augenblick hinaus, in dem sie begangen wurden. Ich sehe, daß die letzte Folge aller Sünden der Tod ist. In meinen Augen trieft das hübsche Mädchen, das in Erwartung eines Balles mit heuchlerischem Liebreiz seine Mutter hintergeht, nicht weniger von Menschenblut als ein solcher Mörder, wie Sie es sind. Sagte ich, daß ich der Sünde nachgehe? Auch der Tugend gehe ich nach. Sie unterscheiden sich nicht um Haaresbreite voneinander. Beide sind Sicheln in der Hand des erntenden Todesengels. Das Böse, für das ich lebe, beruht nicht in der Tat, sondern im

Charakter. Den schlechten Menschen schätze ich, nicht die schlechte Handlung, deren Früchte wir, könnten wir sie nur weit genug verfolgen im sausenden Katarakt der Jahre, vielleicht noch segensreicher finden würden als die seltensten Tugenden. Nicht, weil Sie heute irgendeinen Händler umgebracht haben, sondern weil Sie Markheim sind, erbiete ich mich, Ihnen bei der Flucht behilflich zu sein.»

«Ich will Ihnen mein Herz offenbaren», erwiderte Markheim. «Dieses Verbrechen, bei dem Sie mich finden, ist mein letztes. Auf dem Wege hierher habe ich viel gelernt. Der Mord selbst war mir eine Lehre. Bis hierher bin ich gegen meinen Willen zu dem getrieben worden, was meinem Willen fern lag. Ich war der in Ketten geschlagene Sklave der Armut, gehetzt und gepeitscht. Es gibt robuste Tugenden, die in diesen Versuchungen standhaft bleiben. Die meinige war nicht so. Mich dürstete nach Genuß. Heute aber ernte ich aus dieser Tat beides, Warnungen und Reichtümer – beides, die Kraft und den Entschluß, ich selbst zu sein. In allen Dingen auf der Welt werde ich unabhängig handeln können. Ich sehe schon, wie ich ein ganz anderer werde. Diese Hände sind Vollstrecker des Guten, dieses Herz hat den Frieden gefunden. Etwas aus der Vergangenheit überkommt mich, etwas, von dem ich an Sonntagabenden träumte, wenn die Kirchenorgel erklang, was ich vorausahnte, wenn ich über bedeutenden Büchern Tränen vergoß oder als unschuldiges Kind mit meiner Mutter plauderte. Dort liegt mein Leben. Einige Jahre bin ich umhergeirrt, aber jetzt sehe ich die Stätte meiner Bestimmung wieder vor mir.»

«Sie wollen, glaube ich, das Geld auf der Börse anlegen», bemerkte der Gast. «Dort haben Sie, wenn ich nicht irre, schon mehrere Tausende verloren.»

«Ach», meinte Markheim, «diesmal habe ich eine ganz sichere Sache.»

«Auch diesmal werden Sie wieder verlieren», entgegnete der Gast ruhig.

«Aber ich halte die Hälfte zurück», rief Markheim.

«Auch die werden Sie einbüßen», bemerkte der andere.

Der Schweiß stand auf Markheims Stirn. «Gut also, was macht's?» rief er. «Angenommen, ich verliere es, angenommen, ich stürze zurück in die Armut – soll ein Teil von mir, und gerade der schlechtere, bis zum Ende über den besseren obsiegen? Gut und Böse sind stark in mir und reißen mich nach beiden Seiten. Ich liebe nicht nur eins, ich liebe alles. Ich kann mir große Taten, Verzicht und Martyrium vorstellen, und obwohl ich bis zu dem Verbrechen des Mordes gesunken bin, ist mir Mitleid nicht fremd. Ich bedaure die Armen. Wer kennt ihre Plage besser als ich selbst? Ich bemitleide sie und helfe ihnen. Ich schätze die Liebe und ein ehrliches Lachen. Es gibt nichts Gutes, nichts Wahrhaftiges auf Erden, dem ich nicht von Herzen zugetan wäre. Sollen denn meine Laster allein mein Leben bestimmen und meine Tugenden ohne jede Wirkung bleiben wie irgendein toter Gedankenballast? Nein, auch das Gute ist eine Quelle der Tat.»

Aber der Gast hob den Finger. «Sechsunddreißig Jahre lang haben Sie in dieser Welt gelebt», sagte er. «In manchem Schicksals- und Stimmungswechsel habe ich Sie beobachtet, wie Sie ohne Unterlaß hinabsanken. Vor fünfzehn Jahren haben Sie mit einem Diebstahl begonnen. Noch vor drei Jahren hätte Ihnen das Wort Mörder Entsetzen eingeflößt. Gibt es ein Verbrechen, eine Grausamkeit oder Gemeinheit, vor der Sie zurückschrecken würden? In fünf Jahren werde ich Sie auch auf solchen Taten ertappen. Abwärts, abwärts führt Ihr Weg, und nichts als der Tod kann Sie aufhalten.»
«Das ist wahr», entgegnete Markheim heiser. «Bis zu einem gewissen Grad habe ich dem Bösen nachgegeben. Aber so geht es allen. Sogar die Heiligen werden nur dadurch, daß sie leben, weniger wählerisch und nehmen den Ton ihrer Umgebung an.»
«Ich will Ihnen eine Frage stellen», bemerkte der andere, «und aus Ihrer Antwort werde ich Ihnen Ihr moralisches Horoskop stellen. Sie sind in vielen Dingen gleichgültiger geworden, vielleicht haben Sie recht damit, und in gewisser Beziehung ist es bei allen Menschen das gleiche. Aber, das zugegeben, fällt es Ihnen in einem einzigen, wenn auch nur geringfügigen Punkt schwer, mit sich zufrieden zu sein, oder lassen Sie sich überall die Zügel schießen?»
«In irgendeinem Punkt?» erwiderte Markheim in angstvoller Überlegung. «Nein», fuhr er verzweifelt fort, «in keinem. In allem ist es abwärts mit mir gegangen.»
«Dann», sagte der Gast, «begnügen Sie sich mit

dem, was Sie sind. Sie werden sich niemals ändern. Die Worte Ihrer Rolle auf dieser Bühne sind unwiderruflich festgelegt.»

Lange stand Markheim stumm da, und tatsächlich war es der Gast, der als erster das Schweigen unterbrach. «Da die Sache nun so liegt», fragte er, «soll ich Ihnen das Geld zeigen?»

«Und die Gnade?» rief Markheim.

«Haben Sie es damit nicht auch schon versucht?» fragte der andere. «Habe ich Sie nicht vor zwei oder drei Jahren an religiösen Veranstaltungen teilnehmen sehen, und war Ihre Stimme nicht die lauteste im Chorgesang?»

«Das ist wahr», entgegnete Markheim, «und ich sehe deutlich, was ich jetzt zu tun habe. Aus tiefster Seele danke ich Ihnen für Ihre Belehrungen. Sie haben mir die Augen geöffnet, und endlich erkenne ich, wer ich bin.»

In diesem Augenblick schrillte vom Eingang die Glocke durch das Haus, und sogleich änderte wie auf ein erwartetes, vereinbartes Zeichen der Gast sein Benehmen.

«Die Dienstmagd!» rief er. «Sie ist zurückgekehrt, wie ich Ihnen vorausgesagt habe. Jetzt gibt es für Sie nur noch eine Schwierigkeit. Ihr Herr, müssen Sie ihr sagen, sei erkrankt. Sie müssen sie mit gefaßter, ernster Miene hereinlassen – kein Lächeln, keine Übertreibung, und ich bin Ihres Erfolges sicher. Ist das Mädchen einmal drinnen, so werden Sie mit derselben Geschicklichkeit, mit der Sie sich bereits des Händlers entledigt haben, auch dieses letzte Hindernis aus dem Weg räumen. Dann haben Sie den ganzen Abend und, wenn nötig, die ganze Nacht vor sich, um die Schätze des Hauses zu durchstöbern und auf Ihre Sicherheit bedacht zu sein. Das ist Hilfe, die sich Ihnen unter der Maske der Gefahr nähert. Auf!» rief er, «auf, mein Freund! Ihr Leben liegt zitternd in der Waagschale! Auf zur Tat!»

Fest blickte Markheim seinem Ratgeber ins Gesicht. «Bin ich auch verdammt, Böses zu tun», sagte er, «so bleibt mir doch eine Tür zur Freiheit offen. Ich kann darauf verzichten, zu handeln. Wenn mein Leben schlecht ist, so kann ich es von mir werfen. Bin ich auch ein willenloser Spielball jeder kleinsten Versuchung, so kann ich mich doch mit einer entschiedenen Geste außerhalb davon stellen. Meine Liebe zum Guten ist zur Unfruchtbarkeit verurteilt. Gut! Aber mir bleibt ja noch mein Haß auf das Böse, und darum darf ich, wie Sie zu Ihrer bitteren Enttäuschung sehen werden, Kraft und Mut schöpfen.»

Die Züge des Gastes begannen sich wunderbar zu verändern, sie strahlten und wurden milder in einem leisen Triumph, und in diesem Glanz verblaßten und verschwanden sie. Aber Markheim nahm sich nicht die Zeit, diese Verwandlung zu beobachten und zu verstehen. Er öffnete die Tür und ging langsam und in Gedanken versunken die Treppe hinunter. Ernst schritt seine Vergangenheit vor ihm her. Er sah sie, wie sie war, häßlich und quälend wie ein Traum, zufällig wie regelloser Wirrwarr – ein Bild der Niederlage. Das Leben, wie es sich ihm da zeigte, hatte keinen Reiz mehr für

ihn. Auf der andern Seite aber sah er für sein Schifflein einen ruhigen Hafen. Im Flur blieb er stehen und blickte in den Laden, wo neben dem Leichnam noch die Kerze brannte. Er war seltsam still. Gedanken an den Händler stiegen in ihm auf, während er so dastand und schaute. Ungeduldig tönte die Glocke noch einmal durch die Stille.
Fast mit einem Lächeln trat er dem Mädchen auf der Schwelle entgegen.
«Es wäre besser, Sie gingen zur Polizei», sagte er. «Ich habe Ihren Herrn ermordet.»

Die krumme Janet

Lange Zeit schon war Reverend Murdoch Soulis Pastor in der Moorlandgemeinde Balweary im Duletal. Er war ein strenger alter Mann mit mürrischem Gesicht, der Schrecken seiner Zuhörer, und wohnte in den letzten Jahren seines Lebens ganz ohne Verwandtschaft, Bedienung oder irgendeine menschliche Seele in dem kleinen einsamen Pfarrhaus am Fuße des Hanging Shaw. Aber trotz der eisernen Ruhe seiner Züge war sein Blick schwärmerisch, scheu und unstet, und wenn er im geistlichen Zwiegespräch mahnend die Rede auf die Zukunft des unbußfertigen Sünders brachte, schien sein Blick über die Stürme der Zeiten hinweg bis zu den Schrecken der Ewigkeit zu dringen. Viele junge Leute, die sich auf den Empfang der heiligen Kommunion vorbereiteten, wurden durch seine Worte gepeinigt. An jedem Sonntag nach dem siebzehnten August hielt er eine Predigt über den ersten Petrusbrief, Kapitel 5, Vers 8: «Der Teufel ist ein brüllender Löwe.» Bei der Auslegung dieser erschreckenden Textstelle übertraf er sich selbst sowohl durch seine Worte als auch durch sein furchterregendes Gebaren auf der Kanzel. Die Kinder bekamen Angstzustände, und die Alten blickten ungewöhnlich orakelhaft drein. Den ganzen Tag über machten sie Bemerkungen, gegen die selbst Hamlet sich verwahrt haben würde. Das Pfarrhaus selbst, das auf der einen Seite von dem steil abfallenden Shaw und auf der anderen von zahlreichen zum Himmel emporragenden kalten und sumpfigen Höhen überragt wurde und unter einigen mächtigen Bäumen am Wasser der Dule stand, war schon ganz zu Beginn von Mr. Soulis' Amtstätigkeit in den Stunden der Dämmerung von all denen gemieden worden, die sich auf ihre Vorsicht etwas zugute taten. Und wenn die Gevattern in der Dorfschenke zusammen saßen, schüttelten sie die Köpfe bei dem Gedanken, zu später Stunde an diesem unheimlichen Ort vorüberzugehen zu müssen. Da war zum Beispiel eine Stelle, die man mit besonderer Scheu betrachtete. Das Pfarrhaus stand, einen Giebel nach jeder Seite, zwischen der Landstraße und dem Wasser der Dule. Die Rückseite lag in Richtung des etwa eine halbe Meile entfernten Kirchdorfes Balweary. Vorne nahm ein kahler, mit einer Dornenhecke umzäunter Garten den Raum zwischen Fluß und Landstraße ein. Das Haus hatte zwei Stockwerke und in jedem zwei große Räume. Es grenzte nicht unmittelbar an den Garten, sondern lag an einem Dammweg oder

Durchgang, der mit seinem einen Ende auf die Straße mündete und mit dem anderen bei den hohen Weiden und Holunderbüschen am Fluß auslief. Und dieses Stück Dammweg hatte unter den Pfarrkindern von Balweary einen so besonders schlimmen Ruf. Oft ging der Pastor dort nach Einbruch der Dunkelheit auf und ab, bisweilen laut stöhnend in der Inbrunst seiner unausgesprochenen Gebete. Und nur, wenn er nicht zu Hause und die Tür des Pfarrhauses verschlossen war, wagten sich die Verwegeneren unter den Schulbuben bei ihrem Fangespiel klopfenden Herzens an diesem sagenumwobenen Ort vorüber.

Die Atmosphäre des Grauens, die hier einen Gottesmann von makellosem Charakter und Glauben umgab, rief bei den wenigen Fremden, die zufällig oder in Geschäften diese unbekannte, abgelegene Gegend aufsuchten, Erstaunen und Neugierde hervor. Viele Pfarrkinder allerdings wußten nichts von den seltsamen Begebenheiten, die dem ersten Amtsjahr des Mr. Soulis ihr Siegel aufgeprägt hatten. Manche wiederum, die mehr wußten, waren von Natur zurückhaltender, und andere scheuten sich, gerade über diesen Gegenstand zu sprechen. Nur hier und da erwärmte sich einer der alten Leute bei seinem dritten Glase so weit, daß er den Mut fand, ausführlicher über die Ursache von dem sonderbaren Blick und dem einsamen Leben des Pastors zu berichten.

Fünfzig Jahre ist es her, seit Mr. Soulis nach Balweary kam. Er war noch ein junger Mann – ein forscher Bursche, wie die Leute sagten –, sehr gelehrt und groß in der Auslegung der Schrift, aber, wie das bei so einem jungen Mann ganz natürlich ist, noch ohne viel Erfahrung in der Religion. Das junge Volk war von seinen Talenten und von seinem Mundwerk sehr eingenommen, aber alte, bedachtsame, ernste Männer und Frauen wollten lieber für den jungen Mann beten, der sich nach ihrer Ansicht Selbsttäuschungen hingab, und für die Gemeinde, der damit schlecht gedient war. Das war noch vor den Tagen der Gemäßigten, der Teufel soll sie holen; aber auch schlechte Dinge haben ihre gute Seite, beides kommt Stückchen für Stückchen, immer ganz sachte. Damals schon behaupteten manche Leute, der Herrgott hätte die Universitätsprofessoren bei ihren eigenen Einfällen im Stich gelassen, und die jungen Burschen, die zu ihnen gingen, um zu studieren, täten besser daran, in ihrem Torfmoor sitzen zu bleiben, eine Bibel unterm Arm und den Geist des Gebets im Herzen. Mr. Soulis jedenfalls war sicher zu lange auf der Universität geblieben. Er war in allem sehr genau und machte sich über vieles Gedanken, auch unnötige. Er hatte einen Haufen Bücher bei sich – mehr, als man je zuvor in dieser Pfarrei gesehen hatte. Der Fuhrmann tat sich sauer damit: besser wäre es gewesen, sie wären zwischen hier und Kilmackerlie im Teufelsmoor ersoffen. Es waren zwar alles geistliche Bücher, wenigstens ihrem Titel nach, aber die ernsten Leute meinten, für so viel Geld seien sie zu wenig nütze, wenn das liebe Wort Gottes sich in der Falte eines Plaids unterbringen ließ. Da saß er nun den halben Tag und die halbe Nacht dazu – und das ist doch kaum anständig – und tat nichts anderes als schreiben. Zuerst fürchteten sie, er werde seine Predigten ablesen. Doch dann kam es heraus, daß er selbst ein Buch schrieb, wohl kaum das richtige für einen Mann von seinen Jahren und seiner mangelhaften Erfahrung.

Nun mußte man für ihn eine alte, ehrbare Frauensperson ausfindig machen, die ihm das Pfarrhaus in Ordnung hielt und ihm sein bißchen Essen kochte. Man empfahl ihm einen alten Besen – Janet M'Clour hieß sie –, da mochte er selbst damit fertig werden. Vieles sprach zwar gegen Janet, denn sie war bei den besten Leuten in Balweary mehr als verdächtig. Vor langen Zeiten hatte sie von einem Dragoner ein Kind bekommen. Seit etwa dreißig Jahren hatte sie nicht mehr das Abendmahl genommen, und die Kinder hatten sie in der Dämmerung auf Key's Loan beobachtet, wo sie vor sich hinmurmelte – zu einer Zeit also und an einem Ort, da es für eine gottesfürchtige Person nicht schicklich war. Immerhin hatte der Gutsherr selbst zuerst mit dem Pastor über Janet gesprochen, und dieser hätte in jenen Tagen noch einen weiten Weg gemacht, um seinem Herrn gefällig zu sein. Als die Leute ihm sagten, Janet habe es mit dem Teufel, hielt er das für Aberglauben, und als sie ihm mit der Bibel und der Hexe von Endor kamen, trichterte er ihnen ein, diese Zeiten seien vorüber, und der Teufel sei mit Gottes Hilfe bezwungen.

Als nun im Dorf bekannt wurde, daß Janet Haushälterin im Pfarrhause werden sollte, waren die Leute über ihn wie auch über sie außer sich, und einige der Gevatterinnen hatten nichts Besseres zu tun, als zu ihr hinzulaufen und ihr alles unter die Nase zu reiben, was man von ihr wußte, von dem Soldatenbankert bis zu John Thamsons beiden Kühen. Sie besaß sonst kein besonders fixes Mundwerk. Im allgemeinen ließ man sie ihre eigenen Wege gehen, und auch sie kümmerte sich nicht um die Leute und sagte weder guten Abend noch guten Tag. Aber wenn sie es darauf anlegte, dann hatte sie ein Maul, das selbst den Müller taub machte. Sie schoß los, und es gab keine alte Geschichte in Balweary, die sie an jenem Tage nicht jemandem unter die Nase gerieben hätte. Auf einen groben Klotz setzte sie zwei grobe Keile, bis die Weiber sie schließlich beim Schlafittchen packten. Sie rissen ihr die Kleider vom Buckel und schleppten sie durchs Dorf zur Dule hinab, um zu sehen, ob sie eine Hexe sei, ob sie schwimmen oder ertrinken würde. Das Weib schrie, daß man es bis zum Hanging Shaw hinauf hören konnte. Sie wehrte sich wie zehn, und viele von den Gevatterinnen trugen die Spuren davon noch am nächsten Tage und manche noch lange Zeit nachher am Leibe. Und gerade als der Krawall am heißesten ist, wer anders kommt des Weges – um seiner Sünden willen – als der neue Pastor!

«Ihr Frauen», begann er – und er hatte eine großartige Stimme –, «in Gottes Namen befehle ich euch, sie loszulassen.»

Janet lief auf ihn zu – sie war richtig von Sinnen vor Angst – und klammerte sich an ihn. Um Christi willen bat sie ihn, sie vor den Weibern zu schützen.

Die wiederum brachten alles vor, was sie wußten, und vielleicht noch etwas mehr.

«Weib», fragte er Janet, «ist das wahr?»

«So wahr der Herrgott mich sieht», erwiderte sie, «so wahr der Herrgott mich erschaffen hat, kein Wort davon ist wahr! Abgesehen von dem Kind bin ich mein Lebtag ein anständiges Weib gewesen.»

«Willst du», fuhr Mr. Soulis fort, «im Namen Gottes und vor mir, Seinem unwürdigen Diener, dem Teufel und seinen Werken abschwören?»

Nun schien es, als ob sie bei dieser Frage ein Grinsen aufsetzte, das denen, die es sahen, Angst einjagte, und man konnte die Zähne in ihrem Munde klappern hören. Aber es gab für sie nur die eine Möglichkeit oder die andere, und so hob Janet die Hand und schwor vor ihnen allen dem Teufel ab.

«Und jetzt», wandte sich Mr. Soulis an die Gevatterinnen, «nach Hause mit euch allesamt, und bittet Gott um Verzeihung.»

Er reichte Janet den Arm, obgleich sie kaum mehr anhatte als ein Hemd, und führte sie wie eine große Dame durch das Dorf vor ihre eigene Tür; ihr Lachen und Weinen war schändlich anzuhören.

Viele ernsthafte Leute beteten an diesem Abend lange, aber am nächsten Morgen war ganz Balweary so erschreckt, daß die Kinder sich versteckten und selbst die Mannsleute nur hinter den Türen hervorspähten. Denn da kam Janet das Dorf herunter – sie oder ihr Ebenbild, wer konnte das wissen? –, mit krummem Hals, den Kopf zur Seite geneigt wie bei einem Gehenkten und mit einem Grinsen auf dem Gesicht wie bei einer nicht aufgebahrten Leiche. Mit der Zeit gewöhnte man sich daran, sprach sie auch wohl an, um herauszubekommen, was bei ihr nicht stimmte, aber von jenem Tage an vermochte sie nicht mehr zu sprechen wie ein Christenmensch, sondern geiferte und klapperte mit den Zähnen wie mit einer Schere, und seitdem kam der Name Gottes nicht mehr über ihre Lippen. Bisweilen versuchte sie ihn auszusprechen, aber es gelang ihr nicht. Die es am besten wußten, sagten am wenigsten, aber nie gaben sie diesem Wesen den Namen Janet M'Clour, denn nach ihrer Ansicht saß die alte Janet seit jenem Tage mitten in der Hölle. Nur der Pastor war weder zu halten noch zu belehren. Er predigte von nichts anderem als von der Grausamkeit der Menschen, durch die sie einen Schlaganfall erlitten habe; er züchtigte die Kinder, die sie nicht in Ruhe ließen, und an demselben Abend nahm er sie in das Pfarrhaus auf und wohnte dort ganz allein mit ihr unter dem Hanging Shaw. Nun, die Zeit verging, und die Bequemeren begannen leichtfertiger von dieser dunklen Angelegenheit zu reden. Von dem Pastor hatte man eine gute Meinung. Stets saß er noch spät beim Schreiben. Die Leute sahen seine Kerze bis zwölf Uhr nachts über der Dule, und er schien mit sich selbst zufrieden und guter Dinge wie zuvor, obgleich jedermann sehen konnte, daß er abmagerte. Und Janet kam und ging, und wenn sie vorher nicht viel geredet hatte, so sagte sie offensichtlich jetzt noch weniger. Sie kümmerte sich um niemanden, aber sie war gespensterhaft anzusehen, und selbst um den ganzen Besitz der Pfarrei Balweary hätte niemand mit ihr in Streit geraten mögen.

Gegen Ende Juli kam eine kurze Wetterperiode, wie man sie in dieser Gegend noch nicht erlebt hatte. Es war drückend heiß und ungesund. Die Herden konnten den Black Hill nicht mehr hinauf, die Kinder waren zu müde zum Spielen, und trübselige heiße Böen und kleine Schauer, die nichts halfen, rumorten in den Tälern. Immer wieder dachten wir, morgen werde es gewittern, aber der nächste Tag kam und wieder der nächste, und immer noch dasselbe unheimliche Wetter, schwer für Mensch und Vieh. Unter all dem litt niemand so sehr wie Mr. Soulis. Er könne weder schlafen noch essen, sagte er seinen Kirchenältesten; und wenn er nicht an seinem langwierigen Buch schrieb, dann strich er wie ein Besessener in der ganzen Gegend umher, während jeder andere froh war, zu Hause bleiben zu können.

Über dem Hanging Shaw im Schatten von Black Hill gibt es einen kleinen eingefriedigten Grund mit einem eisernen Tor. Wie es scheint, war das in alten Zeiten der Kirchhof von Balweary, von den Papisten geweiht, ehe das gesegnete Licht über dem Königreich aufging. Das war ein Ruheplatz, den Mr. Soulis gern aufsuchte. Hier saß er und dachte über seine Predigten nach: es ist wirklich ein geschützter Ort. Als er eines Tages über die kahle Höhe von Black Hill kam, sah er zuerst zwei, dann vier und schließlich sieben Krähen rund und wieder rund um den alten Kirchhof fliegen. Sie kreisten niedrig und schwerfällig und krächzten im Fluge.

Mr. Soulis war es klar, daß irgend etwas sie aufgescheucht hatte. Er ließ sich nicht so leicht erschrecken und ging stracks seines Weges weiter, und was sonst fand er dort als einen Mann oder doch die Erscheinung eines Mannes, der drinnen auf einem Grabe saß. Er war groß und schwarz wie die Hölle, und seine Augen hatten einen seltsamen Ausdruck*. Mr. Soulis hatte schon viel von schwarzen Männern reden hören, aber dieser hier hatte etwas Ungewöhnliches, das ihn beunruhigte. Erhitzt wie er war, fühlte er ein kaltes Grausen durch Mark und Bein dringen. Aber trotzdem sprach er ihn an und sagte: «Mein Freund, Ihr seid wohl fremd hier am Ort.» Der Schwarze antwortete kein Wort. Er erhob sich und machte sich nach der anderen Seite davon, aber dabei sah er den Pastor unverwandt an, und der Geistliche stand da und blickte zurück, bis der Schwarze in einem Augenblick über die Mauer war und auf den Schatten der Bäume zulief. Mr. Soulis eilte, er wußte kaum warum, hinter ihm her, aber von seinem Spaziergang und dem heißen, ungesunden Wetter war er bereits völlig erschöpft. Er mochte laufen, was er konnte, er erhaschte nicht mehr als einen Schimmer von dem Schwarzen zwischen den Birken, bis er den Berg hinunter war. Da sah er ihn wieder, wie er mit einem langen Satz über die Dule sprang und im Pfarrhaus verschwand.

* In Schottland herrschte allgemein der Glaube, daß der Teufel als schwarzer Mann erscheine. Das kommt in mehreren Hexenprozessen und, ich glaube, in «Law's Memorial», diesem köstlichen Fundort des Seltsamen und Grusligen, vor (Anmerkung des Verfassers).

Nun war Mr. Soulis gar nicht erbaut davon, daß dieser fürchterliche Kerl sich so ungeniert mit dem Pfarrhaus von Balweary befaßte. Er lief deshalb um so schneller mit nassen Schuhen über den Bach und den Weg hinauf, aber zum Teufel, ein schwarzer Mann war nicht zu sehen. Er ging hinaus auf die Straße, aber da war niemand. Im ganzen Garten lief er herum, aber nein, nirgends ein schwarzer Mann. Schließlich drückte er etwas ängstlich, und das war ganz natürlich, die Türklinke nieder und ging ins Pfarrhaus. Janet M'Clour mit ihrem verrenkten Nacken war durchaus nicht erfreut, ihn zu sehen. Und da fiel ihm ein, daß er, als er sie zum erstenmal gesehen hatte, dasselbe kalte, tödliche Grausen empfunden hatte.
«Janet», fragte er sie, «hast du einen schwarzen Mann gesehen?»
«Einen schwarzen Mann?» erwiderte sie. «Gott helfe uns! Ihr seid nicht gescheit, Herr Pastor. In ganz Balweary gibt es keinen schwarzen Mann.»
Aber man muß wissen, daß sie nicht deutlich redete, sondern wie ein Pony winselte, das eine Trense im Maul hat.
«Nun, Janet», entgegnete er, «wenn kein schwarzer Mann da war, dann habe ich mit dem Versucher selbst gesprochen.» Und er setzte sich hin wie jemand, der das Fieber hat, und seine Zähne klapperten.
«Pfui, schämt Euch, Herr Pastor», sagte sie und gab ihm ein Glas Schnaps, den sie immer zur Hand hatte.
Dann ging Mr. Soulis in sein Studierzimmer zu all

seinen Büchern. Das ist ein langer, niedriger, düsterer Raum, im Winter zum Umkommen kalt und selbst im Hochsommer nicht ganz trocken, denn das Pfarrhaus steht dicht am Bach. Dort setzte er sich nieder und dachte über all das nach, was sich ereignet hatte, seit er in Balweary lebte, er dachte an seine Heimat und an die Tage, als er noch ein Kind gewesen und vergnügt über die Hügel gelaufen war. Und auch der schwarze Mann ging ihm im Kopf herum wie eine Melodie, die einen nicht loslassen will. Je mehr er nachdachte, desto mehr mußte er an den Schwarzen denken. Er versuchte zu beten, aber die Worte wollten ihm nicht einfallen. Er versuchte, wie man erzählt, an seinem Buch zu schreiben, aber auch damit kam er nicht besser zurecht. Es gab Augenblicke, da glaubte er, der Schwarze stehe neben ihm, und der Schweiß brach ihm kalt wie Quellwasser aus. Dann kamen wieder Minuten, in denen er zu sich kam wie ein Christenmensch und sich um nichts kümmerte.

Das Ende war, daß er ans Fenster ging und in das Wasser der Dule hinunterstarrte. Die Bäume stehen dort sehr dicht, und unter dem Pfarrhaus ist das Wasser tief und schwarz. Da stand Janet und wusch die Wäsche und hatte die Röcke hochgeschürzt. Sie kehrte dem Pastor den Rücken zu, und er wußte kaum, was er da vor sich sah. Dann drehte sie sich um und zeigte ihm ihr Gesicht, und Mr. Soulis empfand dasselbe kalte Grausen, das er an diesem Tage schon zweimal gespürt hatte. Da fiel ihm ein, was die Leute sagten, daß Janet schon lange tot sei und daß ein Gespenst in ihrem Leichnam umhergehe. Er trat ein wenig zurück und beobachtete sie scharf. Sie stampfte die Wäsche und sang dabei vor sich hin, aber, Gott helfe mir, es war ein schreckliches Gesicht. Manchmal sang sie lauter, aber kein Mann, vom Weibe geboren, hätte die Worte ihres Gesanges wiedergeben können. Manchmal blickte sie seitwärts an sich hinunter, aber es war nichts da, wonach sie hätte sehen können. Dann lief ein Schaudern über seinen Körper, und das war ein Fingerzeig des Himmels. Aber Mr. Soulis machte sich Vorwürfe, daß er so schlecht von einem armen alten unglücklichen Weibe dachte, das außer ihm keinen Freund hatte, und er sprach ein kleines Gebet für sich selbst und für sie. Dann trank er ein wenig kaltes Wasser – denn sein Inneres wehrte sich gegen jede Speise – und ging in der Dämmerung zu Bett.

Das war eine Nacht, die man in Balweary niemals vergessen hat, die Nacht des 17. August 1712. Schon vorher war es heiß gewesen, wie ich erzählt habe, aber diese Nacht war heißer als alles andere. Die Sonne ging hinter unheimlich aussehenden Wolken unter. Es wurde so finster wie in der Hölle, kein Stern, kein Windhauch, man konnte die Hand nicht vor Augen sehen. Selbst die alten Leute warfen die Decken von ihren Betten und lagen nach Luft schnappend da. Bei all dem, was ihm im Kopf herumging, ist es sehr unwahrscheinlich, daß Mr. Soulis viel Schlaf fand. Er blieb wach und wälzte sich herum. Das gute kühle Bett, in dem er lag, brannte ihm bis auf die Knochen. Bald schlief er, bald wachte er wieder auf, dann hörte er die

Nachtstunden schlagen, dann wieder draußen im Moor einen Hund heulen, als läge jemand im Sterben. Dann glaubte er Geister reden zu hören, dann wieder sah er Irrlichter in seinem Zimmer. Er meinte, er müsse wohl krank sein, und krank war er auch – er wußte nur nicht, was ihm fehlte.
Schließlich aber kam Klarheit in seine Gedanken. Er setzte sich im Hemd auf die Bettkante und dachte über den schwarzen Mann und über Janet nach. Er konnte nicht recht sagen, wie es geschah – vielleicht war es die Kälte an seinen Füßen –, aber wie ein Regenguß kam es über ihn, daß zwischen den beiden eine Beziehung bestand und daß einer von ihnen oder beide Gespenster waren. Und gerade in diesem Augenblick hörte er aus Janets Kammer, die dicht neben der seinen lag, ein Geräusch, das dem Getrampel von Füßen glich, wie wenn Männer miteinander ringen, und dann vernahm er einen lauten Schlag. Ein Windstoß fuhr brausend um die vier Ecken des Hauses, dann herrschte wieder Grabesstille.
Mr. Soulis fürchtete weder Mensch noch Teufel. Er nahm sein Feuerzeug, zündete eine Kerze an und war mit drei Schritten drüben an Janets Tür. Sie war nur zugeklinkt. Er stieß sie auf und blickte kühn hinein. Der Raum war so groß wie der des Pastors und vollgestellt mit schwerem, altem, festem Hausrat, denn er besaß nichts anderes. Da standen ein vierpfostiges Bett mit alten Vorhängen und ein hübscher Eichenschrank, gefüllt mit des Pastors jetzt nicht gebrauchten geistlichen Büchern. Ein paar von Janets Kleidern lagen hier und

da auf dem Boden herum. Aber Mr. Soulis sah keine Janet noch irgendein Anzeichen eines Kampfes. Er ging hinein – und es gibt wenige, die ihm gefolgt wären –, blickte um sich und lauschte. Aber es war nichts zu hören, weder drinnen noch im ganzen Pfarrdorf Balweary, und es war nichts zu sehen als die vielen Schatten, die um die Kerze kreisten. Doch da fing des Pastors Herz plötzlich laut zu pochen an und stand dann stockstill. Ein kalter Wind wehte ihm durch sein Haar. Welch schmerzliches Bild bot sich den Blicken des armen Mannes! Da hing Janet neben dem alten Eichenschrank an einem Nagel, ihr Kopf lag auf der Schulter, ihre Augen waren starr, die Zunge hing ihr aus dem Munde, und ihre Absätze baumelten zwei Fuß hoch über dem Boden.

Gott verzeih uns allen, sagte Mr. Soulis bei sich, die arme Janet ist tot.

Er trat einen Schritt näher an die Leiche heran. Sein Herz klopfte heftig, denn sie hing – durch welchen Zauber, das kann wohl kein Mensch beurteilen – an einem einzigen Nagel und mit nur einem gedrehten Faden, wie man ihn zum Strümpfestopfen benutzt.

Es ist etwas Furchtbares, des Nachts mit einem solchen Schrecken der Hölle allein zu sein. Aber Mr. Soulis war stark im Herrn. Er wandte sich um, verließ den Raum und verschloß die Tür hinter sich. Dann ging er mit bleischweren Schritten langsam die Treppe hinab und setzte die Kerze am Fuße der Stufen nieder. Er konnte nicht beten und nicht denken, aber er troff vor kaltem Schweiß, und nichts hörte er als das Tock-tock-tock seines eigenen Herzens. Dort mag er eine Stunde oder zwei gestanden haben – er achtete wenig darauf –, als er oben plötzlich einen leichten, unheimlichen Schritt hörte. In der Kammer, in der die Leiche hing, ging jemand auf und ab, die Tür wurde geöffnet, obgleich er genau wußte, daß er sie verschlossen hatte, dann Schritte oben auf dem Treppenabsatz, und es war ihm, als blickte die Leiche über das Geländer zu ihm herab.

Er nahm die Kerze wieder in die Hand – denn ohne Licht konnte er nicht sein –, und so sachte, wie er konnte, ging er direkt aus dem Pfarrhause hinaus und an das untere Ende des Weges. Es war rabenschwarze Nacht, die Flamme der Kerze brannte, als er sie auf den Boden setzte, ruhig und klar wie in einem Zimmer. Nichts rührte sich als die Wasser der Dule, die leise das Tal hinabströmten und -schluchzten, und diese unheimlichen Schritte, die drinnen im Pfarrhause langsam die Treppe herabkamen. Er kannte sie sehr gut, denn es waren Janets Schritte, und bei jedem Augenblick, den sie näher kamen, kroch die Kälte tiefer in seine Eingeweide. Er empfahl seine Seele Ihm, der ihn erschaffen und in Seinen Schutz genommen hatte, und er betete: «O Herr, gib mir Kraft, heute nacht zu streiten gegen die Mächte des Bösen.»

In diesem Augenblick kam der Schritt durch den Flur auf die Tür zu. Er hörte, wie eine Hand an der Wand entlangglitt, als tastete das furchtbare Wesen sich seinen Weg. Die Weiden bogen sich und schlugen gegeneinander, ein langer Seufzer kam über die

Berge, die Flamme der Kerze wurde hin und her geweht, und da stand der Leichnam der krummen Janet in dem Frieskleid und der schwarzen Haube, den Kopf auf einer Schulter und das Grinsen im Gesicht – lebendig, wie es schien, tot, wie Mr. Soulis wohl wußte –, auf der Schwelle des Pfarrhauses.
Es ist ein seltsam Ding, daß die Seele des Menschen so in seinen vergänglichen Körper gebannt ist, aber der Pastor sah das alles, und sein Herz brach nicht. Sie blieb nicht lange dort stehen. Sie bewegte sich langsam und kam auf ihn zu, dort unter den Weiden. Alles Leben seines Körpers, alle Kraft seines Geistes glühte aus seinen Augen. Es schien, als schickte sie sich an zu sprechen, aber es fehlten ihr die Worte. Da machte sie mit der linken Hand ein Zeichen, und es kam ein Windstoß wie das Fauchen einer Katze, aus ging die Kerze, die Weiden kreischten wie Menschen, und Mr. Soulis sah, daß dies, tot oder lebendig, das Ende war.
«Hexe, Vettel, Teufel», schrie er, «bei Gott, ich beschwöre dich: hinweg mit dir ins Grab, wenn du tot bist, und zur Hölle, wenn du verdammt bist!»
In diesem Augenblick traf des Herrn eigene Hand vom Himmel her den Greuel da, wo er stand. Der alte tote verfluchte Leib des Hexenweibes, der so lange vom Grabe ferngehalten und von den Teufeln umhergehetzt worden war, lohte auf wie Zunder und sank als Asche auf dem Boden zusammen. Dröhnend folgte der Donner Schlag auf Schlag, dann prasselte der Regen herab. Mr. Soulis sprang durch die Gartenhecke und rannte, immer wieder laut schreiend, dem Dorfe zu.

Am nächsten Tage sah John Christie den schwarzen Mann, als es sechs schlug, bei Muckle Cairn vorübergehen. Vor acht kam er beim Wirtshaus in Knockdow vorbei, und bald darauf sah ihn Sandy M'Lellan von Kilmackerlie aus die Hügellehne hinabtrotten. Es besteht wohl kein Zweifel, daß er es war, der so lange in Janets Körper gewohnt hatte, aber nun war er endlich doch hinaus, und seitdem hat uns der Teufel in Balweary in Ruhe gelassen. Aber für den Pastor war das eine schwere Prüfung. Lange, lange Zeit lag er zu Bett und phantasierte, und seit jener Stunde ist er der Mann, als den ihr ihn heute kennt.

Inhaltsverzeichnis

Vorwort von Jorge Luis Borges 7
Die Insel der Stimmen 13
Der Flaschenteufel 46
Markheim 95
Die krumme Janet 124